特雷庇姑娘

[德]保尔·海泽 著 / 杨武能 译

云南出版集团
云南美术出版社

果麦文化 出品

[目 录]

特雷庇姑娘　　　　001

犟妹子　　　　071

特雷庇姑娘

Das Mädchen von Treppi

这爱情属于我自己,
您无权过问,
也无力支配。

在亚平宁山脉从托斯卡纳和南面的教皇国[1]之间穿过的那段高原上,有一座牧羊人居住的孤寂小村,名叫特雷庇。向上通往那儿去的全是些无法行驶车辆的羊肠小道,为了翻过山去,邮车和出租马车都只好兜一个大圈,走往南几公里外的公路。到特雷庇来的只有必须与牧羊人做交易的农民,白天偶尔还有个把画家或讨厌走公路的徒步旅行者,可到了夜里,赶着马队的走私客却常到这个荒村中来歇脚,他们走的是一些别的人全不知道的更加崎岖的山路。

---

[1] 意大利在1870年实现统一之前,还是许多分裂的小国家,在罗马教廷统治下的教皇国(Kirchenstaat)便是其中一个。

眼下才刚要到十月中旬，往常这季节，此地的高原之夜还十分明净。可是今天，由于一整天烈日暴晒，峡谷中便升起一片片轻雾，正慢慢在雄伟的没有树木的山岗上铺撒开来。时间约九点光景。在那些零零落落的矮小的石头房子里，却已灯光暗淡。白天，留在房里看家的只有衰老的妇女和幼弱的儿童。眼下，在一处处上面吊着大锅的火塘周围，牧人及其全家都躺在地上睡着了，连狗也在热灰中伸展开了四肢。也许就只剩下一个没有睡意的老奶奶，还坐在一堆老羊皮上，手中机械地摆弄着纺锤，嘴里喃喃祈祷，要么就摇着旁边摇篮中睡得不安稳的婴儿。夜风从拳头大的墙缝中吹进来，潮湿而微带秋意。快要熄灭的火塘冒出浓烟，让外面的雾气逗回房中，在屋顶下面飘浮着，老奶奶对此却习以为常。这以后，连她也半闭着眼睛打起盹儿来，能睡一会儿就睡一会儿吧。

唯独在一所房子里，还有人在走动。跟其他房子一样，它也仅有一楼一底，不同的只是石头砌得整齐些，房门也高大一点，四方形的正屋旁边，还多几间堆杂物的棚子以及后来添盖的小房，再就是有几个马厩和一眼砌得很讲究的烤饼灶。房门前面，站着一群驮着货物的马匹，一个小伙子正要搬走已经吃得光光的料槽。这时从屋里走出来六七个武装的壮汉，到了夜雾中，急急忙忙动手整理马具。房门旁边，躺着一只很老很老的狗，在那伙人离开时，它只把尾巴轻轻地摇了两摇。随后，它便吃力地从地上爬起来，慢慢地走进屋去，里面的炉火正在熊熊地燃烧。炉旁站着它的女主人，脸朝着火，胳膊垂在腿边，高大的身躯一动不动。直到狗用嘴去轻轻舐她的手，她才猛然转过头来，恍如大梦初醒。"富科[1]，"她说，"我可怜的畜生，睡去吧，你病啦！"——狗汪汪叫着，感激地摇了摇尾巴。接着便爬到火炉旁的一张老羊皮上，咳嗽着，呜咽着，躺了下去。

这期间又进来几个伙计，坐到一张大桌子旁边，端

---

[1] 狗名，原为意大利文，意思为"火焰"。

起了刚才离开的走私客们放下的碗。一个老女仆从大锅里舀出玉米粥来,把他们的碗装满,然后自己也坐到桌前,用调羹吃起来。大伙儿一言不发地吃着,只听见火焰在毕毕剥剥地爆响,狗在睡梦里发出沙哑的呻吟声。神色严肃的姑娘坐在炉台旁的石板上,老女仆特地为她端过去一小碗玉米粥,她却连碰也不碰,目光扫视着室内,一副怅然若失的模样。门外的雾气眼下已宛如一道挡在面前的白墙。与此同时,从山峰背后正慢慢升起来半个月亮。

这当儿,好像突然从山下的大路上传来马蹄声和人的脚步声。——"彼得罗!"年轻的女主人用平静的提醒的声调喊道。一个瘦长的小伙子应声从桌旁站起来,消失在雾幕后面。

现在杂沓的脚步声和说话声变得更近了,那马终于停在了门前。再过一忽儿,门口出现三个男子,打了个招呼便走进房中。彼得罗凑到姑娘身边,她正心不在焉地盯着火焰。"是打波雷塔来的两个伙计,"他对她说,"没带货，准备送一位先生去山那边，他的护照成问题。"

"尼娜！"姑娘叫了一声。老女仆起身来到火炉跟前。

"他们不光要吃的，姑娘，"小伙子继续报告，"他们问，这位先生可不可以在此地住一夜。他打算拂晓前再上路。"

"给他在外面的小房里铺个草铺。"——彼得罗点点头，回到了桌旁。

三个来人也坐下了，伙计们对他们并不特别在意。其中两个是走私客，全副武装，上衣胡乱披在肩上，帽檐压得低低的。他们对大伙儿像老相识似的点点头，把一个宽大的座位让给了自己护送的人，然后在胸前画个十字，便开始吃起来。

随他们来的这位先生却不吃。他从高高的额头上摘下帽子，手指理了理头发，眼睛匆匆地把屋子以及里边的人扫了一遍。他看见，墙壁上有用木炭涂写的箴言；墙角里供着一张圣母像，面前点着小盏灯；像旁边，一群站在栖木上的鸡正在睡觉；此外还有从屋顶上垂下来的一串串玉米棒子，一块摆着各式各样陶瓷水罐和坛子的搁板，一叠山羊皮以及许多筐子篮子。坐在火炉旁边的姑娘终于吸引住了他不安的目光。在炉头闪烁的红光映衬下，她深色的侧影显得格外端庄、美丽。一大丛黑色的发辫低垂在颈后，她双手交叠着按在一只脚的膝头上，另一只脚则踏着室内的石板地。她可能有多大年纪了，他猜不出来。但他从她的举止看出，她是这所房子的主人。

"您这儿有酒吗，小姐？"他终于问。他的话刚出口，姑娘便像给闪电惊了似的一跃而起，直愣愣站在火炉边，双手撑在石板上支持着身体。与此同时，睡着了的狗也蹦了起来，从气喘吁吁的胸腔里迸出一阵野性的狺狺声。陌生人一下子便发现自己面对着四只闪闪发光的眼睛。

"难道不允许问您这儿有没有酒吗，小姐？"他又说了一句。可还没等他把最后一个字说出来，那狗已处在一种莫名其妙的狂怒状态中，吠叫着扑向他，用牙齿撕掉了披在他肩上的斗篷,眼看着又要第二次扑上来,要不是女主人严厉地叫了一声,喝住了它的话。

"回来,富科,回来!静一静,静一静!"——狗站在屋子当中,尾巴猛力地抽打着身子,眼睛直勾勾地瞪着那不速之客。——"把它关进圈里去,彼得罗!"姑娘压低嗓子说。她仍旧挺直身子站在火炉边,发现彼得罗有些犹豫,又重复了一次她的命令。要晓得,这条老狗多年来夜里都是睡在炉子旁边的。伙计们交头接耳起来。狗不情愿地被牵走了,屋外还不断传来它可怕的吠声和呜咽声,直到它似乎精疲力竭了,才渐渐低沉下去。

这期间,姑娘已示意女仆去取了酒来。陌生人自己饮着,也把酒杯递给护送他的两个走私客,心中却暗暗纳闷,不明白自己怎么无意间会引起如此巨大的骚动。伙计们一个接一个放下调羹,道一声"晚安,姑娘",便出房去了。最后室内只剩下三个来客以及女主人和她的老女仆。

"太阳要四点钟才出来。"其中一个走私客低声对陌生人说,"为了准时赶到皮斯托亚,先生您也不用起来太早。再说咱们的马也须站足六个小时,然后才好动身。"

"好的,朋友。你们请去歇着吧。"

"我们会来叫您的,先生。"

"那当然好。"陌生人回答,"虽然圣母知道,我是很少能一觉睡六个小时的。晚安,卡尔洛;晚安,比乔师傅。"

两人恭敬地提了提头上的帽子,离开了桌旁。其中一个朝火炉走去,说:"姑娘,康斯坦佐在波洛尼亚让我问您好。他上个礼拜把自己的刀丢了,想打听一下是不是在您这儿。"

"没。"姑娘不耐烦地应了一声。

"可不,我也对他讲,要是刀在您这儿,您早就给他送去啦。再说——"

"尼娜!"姑娘截断他的话,"告诉他们上小房去的路,要是他们忘记了的话。"

女仆站起身来。"我只想再说一句,姑娘,"那走私客偷偷挤了挤眼睛,战战兢兢地说,"要是您能给这位先生准备一张比我们软和一些的床铺,他是不会吝惜钱的。这就是我要讲的话,姑娘。喽,愿圣母保佑您一夜安宁,Signora[1] 费妮婕!"

他边说边朝自己的伙伴走去,两人一同对屋角的圣像行了一个礼,画了个十字,便跟着女仆往外走。"晚安,尼娜!"姑娘高声道。到了门口的老女仆转过身来,做了个表示疑问的手势,随即却顺从地带上房门走了。

房里刚一剩下他们两人,费妮婕便马上抓过火炉边上的一盏铜灯台,急急忙忙地把灯点上了。炉火渐渐灭了,灯台上的三股红色火苗只照亮了宽大房间的一小部分。黑暗似乎对陌生人起着催眠作用,只见他坐在桌旁,头枕在胳膊上,斗篷紧紧裹着身体,好像就打算这么过夜似的。蓦地,他听见有人叫他的名字,便抬起头来,他面前的桌上灯光明亮,年轻的女主人站在他对面,适

---

[1] 意大利语:夫人,或小姐。

才叫他名字的人便是她。姑娘的目光和他的目光相遇在一起，显示出来一股咄咄逼人的威力。

"菲利普，"她说道，"您不认识我了吗？"

他久久地打量着她那美丽的脸庞，使这脸庞变得通红的不只是桌上的灯光，还有期待着对她这个问题作出回答的紧张情绪。应该说，这张脸庞是值得回忆的啊。她那长而柔软的睫毛缓缓瞬动着，使她的额头和高高的鼻梁不再显得那么严厉。她的嘴唇红艳艳的，充满青春的魅力，只有在沉默无言之际，这嘴才流露出烦闷、痛苦和粗野的表情，就跟她那对黑眼睛里的神气一样。眼下，她站在桌子跟前，更显出了她身材的粗犷美，尤其是那后颈与脖子，更是迷人之极。然而，在想了半晌以后，菲利普仍然回答：

"我真的不认识您，小姐！"

"这不可能。"她以确信无疑、出奇低沉的声调说，"您有整整七年的时间来记住我。这时间是够长的呐，足以把一个人的模样牢牢记住。"

这一句离奇的话，此刻似乎才完全打消了他的疑虑。"不错，姑娘，"他说，"谁如果七年中不干任何别的事，仅仅想着一个美丽少女的模样的话，那他临了儿一定能闭着眼睛就想出她来啦。"

"是的，"姑娘沉吟着说，"是这样，当初您也正是这样讲的，您讲您任何别的事情都不愿想。"

"七年前？可七年前我还是一个爱闹着玩儿的人啊。难道你就把那当真了吗？"

她十分严肃地一连把头点了三点。"为什么我不该当真？我可是从自己的亲身经历中认识到，您当初是对的呐。"

"姑娘，"他带着使自己的刚毅面容变得好看的和蔼表情，说道，"这使我感到遗憾。七年前，我大概还以为所有女子都明白，男人的甜言蜜语就跟赌博的筹码一般，本身是毫无价值的，虽然有时在商量好了的情况下，也能换成响当当的金圆。七年前，我的心思什么时候不在你们女人身上啊！可如今，老实说吧，我很难再想到你们了。可爱的姑娘，我有重要得多的事情要想呐。"

她一言不发，好像全未听懂似的，只是静静地等着，等他说出什么真正与她有关的话来。

"不错，我这会儿慢慢想起来了，"他考虑了一下，然后说，"这一带山区我确曾来过。要不是有雾的话，我没准儿早认出这个山村和这所房子来啦。是啊，是啊，那确实是在七年以前，当时大夫让我到山里来走走，我就真跟个傻瓜一样，跑遍了最险峻崎岖的小道。"

"这我知道得很清楚，"姑娘说，在她嘴唇上掠过了一丝动人的微笑，"这我知道得很清楚，您是不可能忘记的啊。就连那狗，就连富科，它也没有忘记，没有忘记对您旧日的仇恨——还有我也没有忘记——我旧日的爱情。"

这一席话姑娘讲得那么坚定，那么坦然，他仰望着她，表情变得越来越惊异。"我这会儿也想起了一个姑娘，"他说，"我在亚平宁高原上遇见她，她把我带到了她的父母家里。要不是她，我那回就得露宿在巉岩峭壁上。我还记得，我当时爱她——"

"是的,"她打断他,"非常爱!"

"不过姑娘却不爱我。我与她谈了很久,她的回答却充其量不过十句话。临了儿,我想吻吻她那阴郁的小嘴儿,以唤醒她的沉睡的热情——可她一步从我身旁跳开去,从地上拾起一块石头,差点儿没把我给砸死,她当时那模样还历历在我眼前呐。如果你就是这个姑娘的话,你又怎么能对我讲你那旧日的爱情呢?"

"我当时才十五岁,菲利普,我非常害羞啊。我生来性子倔,又一个人过惯了,不知道该怎样表达自己的感情哩。再说,我还怕我父母亲,他们那会儿还活着,这您知道。我父亲有许多牧人和羊群,以及这个酒店。自那以后情况也没多少变化,只是他不再管事了——愿他的灵魂已升入天堂! 而在我母亲面前呢,我也害臊得什么似的。您该还记得,当时您正好就坐在这个位子上,还直夸咱们从皮斯托亚买来的酒不错哩。其他我就什么也没听见,我的母亲把我盯得可紧了,我只好走出房去,躲在窗子背后瞧您。您当时年轻些,态度也自自然然,可并不比现在更美。您这双眼睛仍旧和当年一样,当年您想用它们讨谁欢心,就能够讨谁欢心。您说话的嗓音也仍然这么低沉,难怪那狗一听就嫉妒得发起狂来,可怜的畜生!到今天为止,我爱的只有它。它显然察觉,我更加爱您,它知道这个比您本人还要清楚啊。"

"不错,"他说,"那晚上它就跟疯了似的。真是个奇妙的晚上呐!你确实把我给迷住了,费妮婕。我记得,我一直心神不安地等着你,可你却再也不肯回到房里来了,我便只好出去找你。我看见你的白头巾一晃,但马上就没影儿了,你一下便躲进马厩旁的小屋里去啦。"

"那是我的卧室,菲利普。那儿可是不准您进去的哟。"

"然而我就是想进去。我还记得,我久久地站在门口,打着门,哀求了又哀求。我这个坏小子,我当时想,要是我不能再见到你的话,我的脑袋就要炸开啦。"

"脑袋吗?不,心——您说。我还清清楚楚地记得它们,记得您说的每一个字!"

"可你当时却装作没有听见。"

"我当时心里难受得要命。我躲在屋角里，心想要是能鼓起勇气溜到门边来，把嘴对着您讲话的地方，哪怕就透过门缝感觉到您的一点呼吸也好啊。"

"好一对儿痴情的年轻人！要不是你母亲出来了的话，我还会一直等在那儿，你没准也就会开了门的。我现在想起来还感到害臊，我离开你时真是怒气冲冲，后来做了一通宵的梦，梦见的都是你。"

"我却一直坐在黑暗中，一夜没睡，"她说，"直到天快亮了，才打了一会儿盹。跳起身来看见太阳已经升得老高——可是您在哪儿呢？这个问题谁也不回答我，而我又不好问。我那一阵子真是见到谁都恨，就像是他们把您杀死了，使我再见不到您似的。我坐立不安，在山上四处乱跑，不时地呼唤您的名字，不时地诅咒您。要知道为了您的缘故，我从此不能再爱任何人了呀。临了儿，我跑下山去了，可在那儿又害怕起来，只好往回走。我离开家整整两天，回来挨了父亲一顿揍，母亲也不肯理我了。她明白我为什么出走。只有我那小狗富科和我在一起,但每当我在寂寞中呼唤您的名字,它便汪汪直叫。"

此刻两人都沉默下来,而目光却聚到了一起。后来,菲利普又开了口:"你的父母亲去世多久啦?"

"三年了。他俩死在同一个礼拜——愿他们的灵魂已升天堂!随后,我便上佛罗伦萨去了。"

"上佛罗伦萨?"

"不错。您不是讲,您是佛罗伦萨人吗?我住在城外圣米尼亚多教堂附近的一家咖啡馆里,有几个走私客介绍我认识了那里的老板娘。我在她家住了一个月,每天都请她进城去探听您的下落。傍晚我自己也到城里去找您。末了,才打听到您早已离开,可去了哪儿却谁也不知道。"

菲利普站起身来,在室中大步踱来踱去。费妮婕转过脸来,目光一直紧盯着他,然而丝毫也没流露出类似他那样的坐立不安的情绪。终于,他走到她面前,端详了她好一阵,然后问:"可是,你向我表白这一切又有何用呢,姑娘?"

"我花了七年的时间来鼓起勇气。唉,要是当初我就向您承认了我爱您,我就不会这么不幸。我这颗怯懦的心啊!不过,菲利普,我知道您一定会再来的,我只是没料到会等这么久,真等得我好苦哟。——我这么讲够孩子气。事情既已过去,还想它干吗呢?菲利普,现在您总算来啦,来到了我的身边,我这就是您的了,永远永远是您的了!——"

"亲爱的姑娘哟!"他柔声说,但马上又把已到舌尖上的话咽了下去。姑娘却没有感觉到,他思虑重重,默默无言地站在她面前,目光越过她头顶盯着对面的墙壁出神。她继续平心静气地诉说着,仿佛要讲的话她早已背熟了似的,仿佛她私下已想象过一千次:他一定会来的,到时候得对他讲这个和那个才是。

"我从佛罗伦萨回来以后,这儿山上已经有不少人来向我提过亲。可我非您不嫁。每当有谁来求我,对我甜言蜜语,我耳畔总响起您的声音,听见您那天晚上对我讲的话,它们比世间任何情话都更甜蜜啊。最近两年,

人家便不再来纠缠我了,尽管我还没有老,还和从前一样美丽。好像他们全知道,您很快就要来啦。"——接着,她又说:

"你打算带我去哪儿呢?你愿意留在山上吗?不,这儿对你不合适。自从我去过佛罗伦萨,我就知道了这山里的生活有多么可悲。我们可以把房子和羊群卖掉,这样我便有钱了。对这儿人的粗野我也腻烦啦。到了佛罗伦萨,你得教会我一个城里女子必须会的一切。我理解任何东西都快得惊人哩。自然,我以往时间不多,再说所有的梦都告诉我,你日后与我团聚的地方仍是在这山上。——我还去请问过一位女巫,她说的一切也全应验啦。"

"假使我现在已有了妻子呢?"

姑娘瞪大眼睛望着他。"你这是在试探我,菲利普!你没有妻子。这点女巫也告诉我了。可你住在哪儿,她却不知道。"

"你说得对,费妮婕,我是没有妻子,不过那女巫,她,或者说你自己,又从哪儿知道我什么时候想娶妻子呢？"

"你能说你不想娶我吗？"姑娘带着不可动摇的自信，反问道。

"坐到我旁边来吧，费妮婕！我有许多话对你说啊。把手伸给我，答应我吧，你愿意耐心地听我把话讲完，我可怜的朋友！"——她却全然不听他的。他只好仍然站在她跟前，心怦怦地跳着，眼睛悲哀地望着她。她的眼睛呢，却一忽儿闭起来，一忽儿瞅着地上，像在臆测着与她生命攸关的什么事情。

"许多年以前，我已被迫逃出了佛罗伦萨，"他开始讲道，"你了解，那里长期以来政局便动荡不定。我是一个律师，结识了许许多多的人，一年到头都要写或收人堆的信件。再说我这个人独立不羁，在必要时总直言不讳，因此招来了当局的仇视，尽管我从来不曾参与什么人的密谋。最后，我不得不出走，否则就会无端受到没完没了的传讯，以至于被投进监狱。我逃到了波洛尼亚，过起深居简出的生活来，除完成诉论业务外，便很少和人交往，特别是和妇女。要知道，我已不复是七年前被你伤了心的那个轻浮少年啦，在我身上，再没留下他的任何痕迹，只除去一点，也就是这个脑袋，或者如你愿意说的这颗心，它只要一碰上什么克服不了的障碍，仍然是很容易炸开的啊。诚然，今天对我来说，所谓障碍已不是一位漂亮姑娘的卧室门闩，而是一些别的东西。——你也许听到了，最近在波洛尼亚也骚动起来啦。当局逮捕了不少头面人物，其中也有我一个朋友，可他的行径我是久已了解的，知道他根本没有心思去管那种事情。他认为，那么搞不可能使一个坏政府变得好一些。正如你们的羊圈中暴发瘟疫，关一头狼进去又会有什么结果呢？简单讲，我的朋友请我当他的辩护律师，帮助他获得自由。这事刚传出去，有一天我在街上碰见一个人，对我百般辱骂。我怎么也摆脱不了这个坏蛋，只好当胸给他一掌推倒了他。这家伙喝醉了酒，犯不着与他多扯啊。我挤出人群，进了一家咖啡馆，我前脚刚进，后脚便追来他的一个亲戚。这人倒没喝醉，然而却气急败坏,责问我干吗不像个体面人做事,人家动口我却动起手来。我尽可能心平气和地回他的话,因为我已看出,一切全出自政府的安排,为的就是除去我这个眼中钉。一句话,我的敌人终于得计了。那人佯称自己必须去托斯卡纳,硬逼我到那边与他决斗。我同意了,因为作为一个有深谋远虑的人,我当时正需要向那班脑袋发热的朋友证明,我们对他们的行动持保留态度,不是由于缺少勇气,而纯粹是在一个居于巨大优势地位的政权面前,对所有密谋活动一点不抱成功希望的缘故。可是当我前天去申请护照时,人家却拒绝发给我,甚至也不屑说明理由是什么,只讲是最高当局的命令。我明白过来,他们这是想逼我要么接受逃避决斗的羞辱,要么乔装偷越国境,然后又在半道上设下埋伏稳稳当当将我拿获。这样,他们就有了借口起诉我,并按照他们的意愿,把案子长期拖下去。"

"这伙无耻的东西!这班亵渎神明的家伙!"姑娘打断他,手握成了拳头。

"所以,没奈何,我便在波雷塔找上了走私客。据他们讲,我们明儿一早便可到皮斯托亚。决斗定在下午,地点是城外的一个花园。"

姑娘突然用双手抓住他的手。"别下山去,菲利普,"她说,"他们想杀死你啊。"

"肯定,他们想的正是这个,姑娘。可你又从哪儿知道的呢?"

"我从这儿看出来的——还有这儿!"她用指头点了点他的前额和心口。

"怎么,你也是个女巫,是个 Stiaga[1] 吗?"他微笑着继续说,"不错,姑娘,他们想杀死我。我的对手是托斯卡纳的神枪手。他们拿这么个好样儿的来对付我,算是瞧得起我哩。所以,我也不想自己往自己脸上抹黑。不过,谁知这一切会不会实实在在进行呢?谁知道!要不你有什么魔术,能够预卜真假?没办法啊,姑娘!事

---

1 意大利语:女巫。

已至此，毫无挽回的希望了！"

"你必须打消你脑子里的那个念头，"他沉默了半晌，又说，"克制住你那愚蠢的旧日爱情吧。也许之所以发生眼前这一切，就是好让我在离开人世之前使你获得解脱，使你不再受自己的束缚，受你那不幸的忠诚的束缚，可怜的姑娘。再说，你也看见了，我俩现在也许是很不配了啊。你所倾心的，是另一个菲利普，一个年少轻佻，想入非非，除去爱情的忧愁便别无忧愁的菲利普。对于眼前这思想怪癖，隐逸遁世的人，你又能指望什么呢？"

他来回踱着，一半是自言自语地说，说完了最后这几句话，然后，他才来到她面前，想拉她的手，谁料却让姑娘的模样给吓呆了。她脸上的温柔表情消失净尽，鲜红的嘴唇也苍白失色。"你不爱我！"姑娘缓慢地、低沉地说，仿佛说话者是另一个人似的，他因此屏息听着，似乎想弄清楚这话的真正含义。随后，她大叫一声，推开他的手，把桌子上的灯都差点儿碰倒了，而与此同时，从外面又突然传来那狗的咆哮声和挣扎声。——"你不爱我，不，不，不!"她又一次激动地喊道,"莫非你宁肯去送死,也不肯投入我的怀抱吗?莫非你七年后再来这里,就是为了向我告别吗?你怎么能谈到自己的死时若无其事,好像它不意味着也是我的死似的?要真如此,我这双眼睛还不如瞎了好,免得再看见你。我这双耳朵还不如聋了好,免得再听到你的残忍的声音,听到它,我活着跟死了没有两样啊。早知道你是来撕碎我的心的,干吗不让那狗先把你撕碎呢?干吗你没有一失足,摔下深谷去呢?痛心啊,真叫人痛心!圣母哟,看一看我多悲惨吧!"

她扑到圣像上,额头贴在地上,手伸向前方,像是在祷告。菲利普听着狗的吠叫声,夹杂着不幸的姑娘喃喃祈祷和叹息的声音。这当儿,月亮已经大放光明,把屋里照得透亮了。他正准备打起精神再解释一下,却突然感到自己的脖子让姑娘的胳膊给搂住了,她的嘴唇凑到了他面前,滚滚的热泪流到了他脸上。"别去送死吧,菲利普!"可怜的人儿哽咽着说,"你要是留在我身边,谁还能找到你呢?让他们爱讲什么就讲什么好了,这些杀人凶手，这些阴险毒辣的恶棍，他们比亚平宁山上的恶狼更凶残啊。——是的，"她眼泪迷离地望着他说，"你待在这儿吧，圣母把你送到了我身边，让我好救你。菲利普，我的心感觉到，我不知道我说了些什么气话，但我从这颗使我闭不住嘴的痉挛的心感觉到，我这些话是带气的。原谅我吧。我想说，谁只要以为爱情可以忘却，忠诚可以践踏，那谁就该下地狱。你是想要一栋新房子吗？那咱们建成好啦。不喜欢其他人？那就全打发走，包括尼娜，还有那条狗。你要是还怕他们将来会出卖你，那咱俩自个儿离开这里得啦，今天就走，马上就走。我认识所有的路，在太阳出来之前，我俩便已进入谷底，向着北方继续走啊，走啊，一直走到热那亚，一直走向威尼斯，你想去哪儿就去哪儿。"

"够啦！"他严厉地说，"别再说傻话。你不能成为我的妻子，费妮婕。就算他们明天还没有结果我的话，那我也活不了多久的，因为我明白，我挡了他们的道。"说着，他温柔地，然而坚决地，从她的臂弯中抽出了脖子。

"你瞧，姑娘，"他接下去说，"就这样已经够不幸了。我们绝无必要再以失去理智的行动，使自己变得更不幸。也许，在将来听见我的死讯时，你已有了丈夫和一群美丽的孩子，望着他们，你将暗自庆幸我这死鬼今天晚上比你理智，尽管在初次见面那天晚上他不如你。好啦，让我睡觉去吧，你也该去休息了，请你安排好别让咱俩明天再见面。我在路上从走私客口中听出你的名声很好。要是明天咱俩再来个拥抱什么的，那你就要招人白眼了，对吧，姑娘？喽——晚安，费妮婕，晚安！"

他边说边亲切地向她伸过手去，可姑娘却碰也不碰。月光下，她脸色煞白，眉毛和低垂的眼睫毛显得更加阴郁。"为了七年前那个晚上我太理智了些，"她悄声地说，"难道我苦头还没吃够吗？眼下倒好，眼下他又让这个万恶的理智来使我不幸，而且是永远地不幸。不，不，不！我决不放他走——要是让他走了，去送了死，我还有什么脸见人！"

"你听见我的话了吗，姑娘？"他不耐烦地打断她，

"我说,我想去睡了,想独自待着!你干吗再胡言乱语,使自己病上加病呢。你难道感觉不出来,我的荣誉迫使我离开你,使你永远不可能做我的妻子。我可不是你怀里的布娃娃,可以任你摆布玩弄啊。我已选定了自己的道路,而这条路两个人走太窄啦。告诉我,我在哪块羊皮上过夜,然后——让咱俩互相忘记吧!"

"不,就算你撵我,打我,我也不离开你!就算死神挡在我们中间,我也要伸出有力的胳膊把你拖过来。死也好,活也好,菲利普,你都属于我!"

"住口!"菲利普大喝一声,额头遽然变得通红,双手猛地推开了姑娘健壮的身体,"住口!今儿个咱们到此为止了,永远地到此为止了。瞧你说的,好像我是件东西,谁喜欢,谁见了,都可以据为己有吗?可我是个人,谁想占有我,就必须由我自己心甘情愿地给他才成。你为我吃了七年苦——难道第八年你就有权让我自己鄙视自己吗!如果你是想讨我欢心的话,那么你选的手段就太糟了。七年前我爱你,因为你还不是今天这个样子。

要是你当初也一头扑到我怀里来,硬逼着我把心交给你,那我也会跟今天一样,以硬对硬,不买你的账哩。如今咱俩一切算完了,我这才知道,我当时对你产生了同情,但还不是爱。我最后再问一次,我的卧室在哪里?"

他疾言厉色、斩钉截铁地讲完这一段话,随后便不吱声了。看得出来,他对自己不得不用这样的调子说话也感到痛苦。尽管如此,他却什么也没再说。他倒是暗暗感到惊讶,姑娘听了他的话并未如他担心的那样激动。他原以为,她会一下子悲痛欲绝,然后他便可以去好言安慰她。谁料姑娘却漠然地走过他身边,打开一扇远离火炉的厚实的木门,指了指门上的铁插销,又退回到火炉边去了。

菲利普走进门去,随即插上铁销。不过,他仍在门背后站了很久,偷听着姑娘在外屋的举动。结果毫无动静。整个院子里,只能听见狗的骚动声,厩舍中马的蹴地声,以及野外刮散了残雾的风的呼啸声。此刻,皓月当空,菲利普从当作窗户的墙洞中拔掉一大丛干草,整个房间便明亮起来了。他这才看出，他显然是在费妮婕的闺房中。靠墙摆着一张窄窄的整洁的床铺，旁边有个没上锁的柜子，一张小几，一只矮凳；四壁贴满了圣者像和圣母像；在房门一侧，挂着耶稣受难十字架，下面摆着个圣水钵。

这当儿，菲利普坐在硬邦邦的床铺上，心潮起伏。他好几次抬起脚来想往外走，想去告诉费妮婕，他之所以伤她的心，是为了要治好她的病。可每次他都用脚跺跺地，不满意自己这种软绵绵的感情。"别无他法啊，"他自言自语说，"只有这样，才能避免作更多的孽，受更多的诅咒。七年啊，可怜的姑娘！"在小几上，放着一把嵌有许多小金饰的大角梳，他机械地拿了起来，于是，他眼前又出现了姑娘浓密的发辫，以及发辫覆盖下的骄傲的脖子，饱满的额头，黝黑的脸庞。临了儿，他只得把这件诱惑物丢进柜子里，那里边整整齐齐地放着洁净的衣裙、头巾，以及各式各样的小首饰。他慢慢关上柜门，走到墙洞前，往外探望。

这间卧室在住宅的背面,特雷庇村的其他房屋挡不住他的视线,他可以纵览整个沟壑纵横的高原。对面,在峡谷背后,月光中耸立着一座光秃秃的巨岩,看来眼下月亮正悬在屋顶上方。在侧边,他看见有几间仓房,一条小路就从它们旁边通下深谷。在岩石地上,长着一棵枝丫光秃的孤孤单单的小松树,除此而外,地上就只有野草,以及这儿那儿的一两丛荆棘。——"在这样一个地方,"他暗忖道,"自然是很难忘怀自己之所爱呐。——我真想改变主意哩!是的,是的,归根到底,她才是适合于我的女人。她爱我,胜过了爱梳妆打扮、游乐玩耍,以及花花公子们的窃窃私语。要是我带着这么漂亮一个妻子回家去,我的老马可将如何吃惊啊!我连住宅也无须重新布置,那些空荡荡的房间,本来是够凄凉冷清的。对我这个郁郁寡欢的人来说,偶尔能听见一个女人的笑声也不错——可是蠢啊,菲利普,愚蠢!你干吗要让这个可怜的女孩子去波洛尼亚当寡妇呢?不能,不能,绝对不能!千万别旧罪未赎,又犯新罪啊!我决心提前一个钟头唤醒我的向导,趁特雷庇还没有一个人醒来时便悄悄上路。"

这当儿,他正想从窗前离开,到床上去舒展舒展长途骑马疲乏了的四肢,突然,却发现从房屋的阴影中走出来一个女人,到了月亮地里。她没有回头,可菲利普毫不迟疑地断定她就是费妮婕。只见她稳稳地跨着大步,离开住宅,沿着通向深谷的小路走去。霎时间,他身上起了一阵鸡皮疙瘩,脑子里同时一闪:她莫不是去自寻短见吧。他下意识地冲到门边,用力地拔那插销。但生了锈的旧铁销却死死卡住了,他使出了全身力气仍旧枉然。一股冷汗沁出他的额头,他大声喊叫,用拳头捶门,用脚踢门,门还是纹丝不动。最后,他绝望了,重又奔到墙洞跟前。他发狂似的推墙,眼看墙上一块石头已经动了,可突然,他发现姑娘的身影又出现在小路上,向着房子走来。她手里攥着一样东西,在月光下却分辨不出究竟是什么。只是他仍然看清了她的脸,神色严肃,若有所思,但并不激动。她对他的窗户一瞅也不瞅,马上又消失在黑影里。

在受了惊恐和劳累之后,他尚站在原地喘着长气,蓦然间,他又听见一阵巨大的声响,显然是那只老狗发出来的,但既非狂吠,又非呜咽。这个谜使他的心情越发抑郁,越发不安。他把头探出墙洞,但除去万籁俱寂的高原之夜,什么也看不见。突然,那狗发出一声短促尖厉的吠叫,紧接着又是一声惊心动魄的哀号,然后他再怎么竖起耳朵听,都听不见任何声音了。接下去的一整夜,就只有外屋的房门还碰响过一次,传过来费妮婕走在石头地上的脚步声。他久久地站在插着的房门后面,先是悄悄偷听,然后便发出询问和请求,恳求姑娘哪怕只讲一句话也好——结果毫无回音。临了儿,他只得倒到床上,像高烧病人似的睁着两眼胡思乱想,直到午夜后一小时,月亮开始沉落,疲倦才战胜了他的万千思绪,他睡着了。

一觉醒来,他四周仍朦朦胧胧的,他定了定神,从床上爬起来,感觉出已经不像日出前的晦暝时分了。从侧面墙缝中透进来一线微弱阳光，照在他身上，他立刻发现，那个他临睡着之前还敞着的墙洞，又让乱草堵得严严实实了。他将草捅出去，一束强烈的日光立刻射得他睁不开眼睛。菲利普勃然大怒，既怪走私客没来叫他，也怪自己睡得太死，但最怪的却是姑娘，他断定是她设下了这个狡猾的圈套。他马上奔到门边，这回插销一拨便开了，他走进了隔壁房间。

只见费妮婕一个人悠悠闲闲地坐在火炉旁，像是已经等他很久了。昨晚的风暴已从她脸上消失，在他阴郁的目光盯视下，她甚至未露半点哀愁和强自克制的神情。

"你是想法让我睡过了头，是吗？"他冲她嚷道。

"是的，"她无动于衷地回答，"您困了嘛。反正您赶到皮斯托亚还够早的，要是您下午才跟那帮杀人犯碰头的话。"

"我没请你来管我困不困的事。你干吗还缠着我？这帮不了你的忙，姑娘。我的向导在哪儿？"

"走啦。"

"走啦？你想哄我吧。他们在哪儿？傻瓜，是你打发他们走的吧？我还没有付他们钱哩！"说着菲利普冲到门口，准备出去。

"钱我付了。我告诉他们，您需要睡眠，等您醒来后，我亲自送您下山去。正好店里的酒没了，我也要到离皮斯托亚一小时路程的地方去进货。"费妮婕一动不动地坐着，仍以漫不经心的调子说。

菲利普气得好一阵连话都讲不出来。

"不，"他终于迸出了一句，"不要你送，一辈子也不要你送！狡猾的毒蛇！可笑，你还老以为使几个诡计就能缠住我。今儿个咱们一刀两断，比先前任何时候都更彻底地一刀两断！我鄙视你，你竟把我当成了个愚蠢的窝囊废，以为耍几个小花招就能征服我。我才不要你领路哩！把你的伙计派一个给我，拿去——还你代我付给走私客的钱。"

他把钱包扔给她，推开房门，打算出去自己找人当向导。

"别费劲啦,"姑娘说,"你谁也找不着的,伙计们全进山里去了。此外在特雷庇再没任何人能给您带路。留下的都是些可怜而衰弱的老头儿、老太和小孩子,本身还要人照顾呐。你要不相信我的话——就自己瞧去呗!"

"再说嘛,"她看见他气恼交加,进退两难地站在门槛上,背朝着她,便往下讲,"您干吗觉得我不能为您带路?莫非这有什么危险不成?夜里我做了好些梦,我从梦里知道,您不适合做我的丈夫。不错,我对您仍颇有好感,因此只要能陪您聊几小时,心里也很高兴。难道我这样就能暗算您吗?您已经自由,可以永远离开我,想去哪儿就去哪儿,去死也好活也好。我这么安排,只不过想再送您一程罢了。我向您发誓,要是这能使您放心的话。我只送您一段路,绝对不送到皮斯托亚。只送您上大路为止。因为您要独个儿去,很快便会迷路,到时候就进不能进,退不能退啦。您上次进山来旅行遭遇的危险,该还没有忘记吧?"

"见鬼!"菲利普嘟囔一声,然后咬住了嘴唇。这时候他发现,太阳已经升高了,便仔仔细细考虑,到底有什么顾虑的。只不过,他不愿向自己承认那最为可虑的事情。他向姑娘转过脸去,望着她那对目光安详的大眼睛,相信从中找到了证明,她的话没有任何虚假。在他看来,姑娘与昨天相比判若两人,对此他感到惊讶,惊讶之中甚至还掺进了某种不满,因为他不得不对自己讲,她昨天的感情冲动和难过一夜之间便消失得无影无踪了。他盯着她一瞧再瞧,却再也找不出任何可疑之处。

"既然你已变得如此理智,"他干巴巴地说,"那好吧,走!"

她站起身,丝毫未表示出特别的高兴,说道:"我们先吃点东西,路上几个钟头什么也吃不上了。"说着便给他端来一碗吃的和一壶酒,随后便自个儿站在火炉旁吃起来,只是酒却一滴未沾。他呢,为早早了结这事,在吃了几调羹之后,便端起酒来一饮而尽,接着又在火炉里的木炭上点燃了一支雪茄。在这整个过程中,他一眼未瞧姑娘,只在这时离得近了,才偶然发现她脸颊上泛起了一片奇怪的红晕，眼睛里也闪着类似胜利的光芒。她急步奔到桌边，提起酒壶来猛地一下在石头地上摔个粉碎。"在您的嘴唇碰过它以后，谁也不许再喝它了！"她说。

菲利普十分愕然，一片疑云在脑子里陡然升起：莫非她给你下了毒吗？但他马上又安慰自己，这不过是她爱心未泯，又在祈神请鬼罢了，因此二话没说，便抢在姑娘前头走出房去。

"马他们也牵回波雷塔去了，"到了院中，她发现他东张西望，便对他讲，"再说，您骑着马下山也很危险的。路比昨天更陡啊。"

说话间，她便走在他的前面，不一会儿，便把村里的石头房屋抛在后面。这些房屋蹲在火辣辣的阳光下，死气沉沉的，连烟囱里也不见冒出一点炊烟。到了这会儿，菲利普才看出在一面明净的天幕下，这个荒无人烟的高原有多么雄伟庄严。道路在宽宽的山梁上蜿蜒向北，在坚硬的岩石上只留下一条隐约可辨的暗线。在左边的远方地平线上，在对面平行的山脉偶尔低下去的地方,便露出闪亮的大海的一角来。远远近近都看不见树木,仅有的是一些坚硬的荆棘和杂草。这当儿,他们离开山梁,走向谷底。要登上对面的山峰,必须先穿越这道山谷。走着走着,他们便看见了针叶林和奔向谷底的泉水,听见了从深涧中传来的哗哗水声。费妮婕仍然步子沉稳地在前面开路,脚下选择着最牢实的石块,既不回头,也不吱声。菲利普呢,除去一双眼紧盯着她以外,就什么也顾不上,因此暗暗佩服她脚力的矫健。姑娘的面孔让一条宽大的白头巾挡着,他一点看不见,可在两人偶尔能并排走着的时候,他却不得不强迫自己平视前方,才没有去瞅她。对他来说,她眼下的模样太迷人了。如今到了大白天,他才察觉出姑娘的脸庞仍然带着一股特殊的稚气,但要让他讲这稚气的特征是什么,又讲不出来。他只仿佛觉得,这脸庞还保持着七年前的某种特征,虽然整个来说她已发育成熟了。

终于,他忍不住先开了口,她呢,也无拘无束给予明白的回答。只不过,她那山区女子惯有的响亮浑厚的嗓音，今天听起来却干巴巴的，就连讲到最无所谓的事情，也十分凄切。他们眼下走的这些山路，近些年常有政治逃亡者走过，而且其中的多数人都曾在特雷庇歇脚。菲利普描述了自己一些熟人的特点，问费妮婕可曾见过这个或者那个。她很少想得起他们，虽然她记得，走私客的确带过许多陌生人来她店里过夜。只有其中一个，她是记得不能再清楚了。在提起这人时，姑娘脸色立刻绯红，停住脚不走了。"他是个坏蛋！"她沉下脸说，"我不得不在半夜叫醒伙计们，把这家伙撵出店去。"

这么聊着，律师没有发现太阳尽管已升得老高，他们眼前仍未出现托斯卡纳的景物。他甚至压根儿没想到，今天这一天也会有个完结的。他们在杂树丛生的幽径上走着，脚下五十步处便是一条飞瀑，水花不时地溅起来扑在他们脸上。他们看见蜥蜴爬过岩头，一群群蝴蝶儿在迷离的阳光中翩翩起舞——这一切何等地令人心旷神怡啊，他哪儿还会发现，他们仍一个劲儿逆着溪流的方向在走，压根儿还不曾向西转弯哩。他这位女向导的嗓音,有着一股使他忘怀一切的魔力;而昨天,他在与那两个走私客同行时,脑子里却只顾想着心事。这当口,他们出得峡谷,面前又展现一派峻岭重叠、沟壑纵横的蛮荒景象,他才一下子恍然大悟,停住脚,抬起头去仰望着天空。他看清楚了,他们走的是相反的方向,而今,他离要去的目的地,更远了大约两小时路程啦。

"等一等!"他喝道,"我总算及时发现,你仍旧在骗我啊。这是去皮斯托亚的路吗,你这狡诈的女人?"

"不是。"她毫无惧色地回答,眼睛盯着地上。

"好哇,你这该死的女人,你这么诡计多端,连魔鬼也得当你徒弟哩。恨只恨我自己瞎了眼睛!"

"一个恋爱着的人,可比魔鬼和天使更有力量,能够做到一切啊。"姑娘用低低的、悲戚的调子说。

"不!"菲利普大吼一声,怒不可遏,"别高兴得太早,你这个妄自尊大的女人!要知道一个男子汉的意志,绝不会在某个疯婆子自称为爱情的这个东西面前屈服。快领我回去,马上走,告诉我最近的路——否则,我用这双手掐死你——你这个傻瓜,你竟看不出来,要是你使我变成了一个世人所不齿的人,我一定会恨你。"

他攥紧拳头,冲到她跟前,可接下去该怎么办却不知道了。

"只管来掐死我呀!来呀!"姑娘声音颤抖地大声说,"菲利普,你要是这么干了,你可就会扑在我的尸体上,眼睛里哭出血来,却再也无法使我复活了。你的卧席将在我的身边,你将不停地与那些飞来啄我的尸体的兀鹰搏斗。白天,烈日将你炙烤,夜里,露水将你湿透,直到你和我一样地死去——要知道,如今你再也离不开我啦。你以为,我这个山里长大的可怜的傻丫头,我能够把七年的光阴像一天似的随随便便抛弃吗?我清楚,我为这七年付出了多大的代价,它们有多宝贵,如果我用它们来买下你的话,那我出的价钱也够公平啦。让你去送死?简直笑话!你离开我试试。你将会发现,我一定能把你弄回来,永远留在我身边。因为在你今天早上喝的酒里,已经加进了爱药,它的魔力啊,世界上还没有任何人抵抗得了哩!"

她在大声说出这几句话时,样子威严得就像个女王;她朝他伸出一条胳膊,恰似向自己的臣下展示她的王笏。可他呢,却倨傲地哈哈大笑,喝道:"你的爱药不灵啰,我这会儿比任何时候都更恨你了。可我犯不着恨你这个傻瓜,不然我自己也成傻瓜啦。但愿见不着我你的疯狂病就会好起来,你的相思病也会好起来。我不需要你这个向导了。我看见对面山岗上有一间牧人小屋,周围有一群羊。篝火正在闪亮。那儿的人会告诉我该怎么走。再见了,可怜的毒蛇,再见!"

菲利普走了。姑娘一句话不回答,反倒安安静静地坐在峡谷边一尊巨岩的阴影中,低垂着她那双大眼睛,凝视着生根在谷底溪涧旁的枞树的浓荫。

菲利普离开她没走一会儿,便陷入了没有路径的乱石和荆棘丛中。他怎么否认也好,那奇怪少女的话却在他心中引起了不安,使他无论如何也不能把心思集中到赶路上来。这当儿,他发现牧人的篝火仍在对面山坡的草地上，便振作起精神往前赶，想首先下了深谷再说。根据太阳的位置，他估计大约十点来钟。在他爬下峭壁以后，发现有一条浓荫蔽日的小路，接下去是一道从另一条溪涧上跨过的小桥。过桥后再往上攀，看来最终就可到达那片草地了。他循着小路急走，一开始路陡直向上，可走着走着，却绕着山腰转起圈来。他看出，走这条路一时半会儿到不了目的地啦，可是在笔直往上的方向，却是一些无法逾越的峭崖。他可不想走回头路，便只好听天由命地朝前赶去。一开始步子还很轻快，就像一个才挣脱了罗网的人似的，他不时地瞅瞅那牧人小屋，发现它似乎在不断后退。渐渐地，他的血液流得缓慢了，脑海里又浮现出自己方才经历过的一点一滴的细节。他清楚地看见那个美丽的少女坐在自己面前，不像刚才在盛怒之下模模糊糊看不真切。他不禁对她产生了深深的同情。"她这会儿还坐在那儿吧，"他自言自语道，"可怜的疯女子，竟真相信她那些魔法哩。怪不得她昨天夜里趁着月光离开房子，鬼知道去采了些什么药草回来。可不是嘛，我那两位勇敢的向导就曾指着山岩间一些奇异的白花对我讲，那是一种很灵验的爱情花。无辜的花朵啊，瞧人们把你说得多可怕！——怪不得那酒喝在舌尖上这么苦。人年纪越大，他所表现出来的天真幼稚反倒越可贵，越感人。——她站在我面前是那样的自信，就连古罗马那个将自己的著作投进火中的女先知[1]也很难相比吧。可怜的妇人之心，你的痴心妄想使自己变得多么美丽，又多么可悲啊！"

他越走下去，就越被她的柔情所感动，越为她的魅力所吸引，他离开了她，一切反倒更清晰起来。"我不能责怪她哟，她原本一片好心，想要救我的命，并免去我自身无法摆脱的责任。我本该握着她的手，对她讲：我爱你，费妮婕，要是我能活下来，我就再来接你回家去。我真蠢，竟没有想到这么办！可耻，亏你还是个律师！

---

[1] 指古罗马库麦城的女预言家。相传她拿自己的著作到暴君塔克文尼（公元前6世纪）处求售遭拒绝，便愤而投进火堆，后者见此情形同意买了剩下的最后三本。她的著作《罗马神言集》为罗马官方的卜书。

我本该像个未婚夫那样与她吻别才是,这样她就不会怪我骗她。可我不但没有这样做,反而凭着性子硬来,结果弄得一团糟。"

接下去,他便进一步想象自己跟个未婚夫似的向姑娘告别的情景,恍惚觉得真的感到了她的呼吸,以及她的嘴唇与他相触的滋味似的。他这时仿佛听见她在叫他名字。"费妮婕!"他也满怀激情地回答,心突突狂跳,脚也站住不动了。在他脚下,溪水在淙淙流淌,四野里林莽阴森,枞树的树枝静静地低垂着。

那个名字又已经到了他唇边,他突然感到羞耻,便及时闭住了嘴。他既害臊又害怕,伸出手来拍了拍自己的额头。"怎么,难道我已迷到睁着眼睛也梦见她的程度了吗?"他大声问自己,"难道她的话真对,世界上的确没人能抗拒这爱情的魔法吗?要真如此,我也就不是什么好样的,活该受她摆布,只配一辈子被人叫作女人的奴隶。不,见你的鬼去吧,你这个漂亮的自欺欺人的女巫!"

此刻,他的头脑又清醒过来,但与此同时,却发现自己是完全迷了路在乱走。想退已不成了，除非睁着眼去冒险。于是，他决定不惜任何代价也要立刻爬到一个山坡上去，以便寻找那所眼下已看不见了的牧人小屋。他脚下很远的地方是琤琤淙淙的流泉，他沿着陡峭的溪岸走着。这当儿，他把斗篷缠在脖子上，选了溪涧两边的峭壁靠得很近的一个安全点，一个箭步跳到了对岸。在那边，他鼓起更大的勇气往上攀，不多时便见到了阳光。

烈日曝晒着他的头，他口干舌燥，但却拼命地爬呀，爬呀。这当口，他突然害怕起来，怕自己即使竭尽全力，也赶不到目的地了。他感觉热血一阵阵往脑袋上涌，他大骂早上喝的那鬼酒，同时不禁又想起昨天路上看见的白色花朵来。瞧，眼前不也长着它们吗——他身上起了一阵寒栗。"要是真有其事，"他想，"真有一种力量，能迷惑我们的心和我们的感官，使一个男人的意志屈从于一个少女的任性——那我宁肯走上绝路，也不甘受此侮辱，宁肯死，也不做奴隶！没有的事，没有的事！无稽之谈只能制服相信它的人。拿出男子汉的气概来，菲利普！前进，你前面就是草地了，再过一会儿，这该死的山和它的魔法，都会永远被你抛在脑后啦！"

话虽如此，他的血液仍冷静不下来。每一尊岩石，每一片滑溜的青苔，每一根固执地横在他面前的树枝，都妨碍着他，他都必须下巨大的决心，才能克服它们。好不容易，他到了山顶，抓住最后几丛荆棘，跃身上去。可一开始，他眼前却什么也看不清，血液冲进了他的眼眶，阳光忽然从四周的黄色岩石上反射过来，耀眼的光线使他头晕目眩。他愤愤地摸了摸前额，摘下头上的帽子，用手把蓬乱的头发理了理。突然，他可真听见有谁在唤他的名字，不觉大吃一惊，愕然地向发出喊声的方向望去。在他面前几步远的一块石头上，还跟他刚才离开时一个样子，坐着费妮婕，她在那儿望着他，目光中流露出宁静和幸福的神气。

"你到底来了，菲利普！"她亲切地说，"我原以为你早就到了哩。"

"妖精！"他内心百感交集，又惊又怕，便失声骂了出来,"在我无路可走,痛苦不堪,差点让烈日烤焦了的时候,你还来奚落我吗?我不得不再见到你,再诅咒你一次,你因此就扬扬得意吗?岂知,尽管我又见到你,全能的上帝作证,我却并非有意找你,而你仍旧得不到我。"

费妮婕异样地微笑着,摇了摇头。"可你是不知不觉就被吸引到我这儿来了,"她说,"即使我俩之间隔着世界上所有的高山,你也会找到我的。要知道在你喝的酒里,我和进了七滴从狗心里取出的鲜血啊。可怜的富科!它爱我,恨你。这一来,你就会恨过去的菲利浦,恨那个讨厌我的你;只有爱我,你心中才会得到安宁。你瞧,菲利普,我不是终于征服了你吗?好啦,这下让我来指给你去热那亚的路,我的情人,我的丈夫,我亲爱的!"

说着她便站起来,张开双臂去拥抱他,可一看他的脸色,却吓得愣住了。他跟遭雷击了似的面如死灰,只有一双眼睛通红,嘴唇无声地喏嚅着,头上的帽子掉到了地上,双手狂舞着不许她靠近。

"狗！狗！"这是他吃力地吐出的头两个字，"不！不！不！决不让你得逞——恶魔！宁肯做一个男子汉死，也不当一条狗活！"说到此，从他嘴里迸发出一连串可怕的狂笑，同时两眼死死盯住姑娘。慢慢地，吃力地，一步一步地，踉踉跄跄地向后退去，最后仰面一倒，摔下他刚才爬上来的深谷中去了。

目睹着他高大的身躯在悬崖边上消失了，姑娘只觉得眼前一黑，手抓住自己的心口，嘴里迸出一声山鹰般的尖叫，引起了整个山谷的回响。她几步窜到崖头，站定下来，双手仍按着心口。"圣母啊！"她脱口唤了一声。然后迅速靠近崖边，攀着枞树间的岩壁向下溜去，眼睛一直瞅着谷底。她气喘吁吁，嘴里嘀嘀咕咕地不知所云，一只手紧按着胸口，另一只手抓住石缝和树枝。她这样溜到了枞树的根部，菲利普便躺在那里。只见他两眼紧闭，右腿看样子也受了伤。他是否还活着呢，她说不准，她把他抱起来，感觉他还在动。他紧紧缠在肩上的斗篷，可能减轻了他摔到树干上时的力量。"赞美耶稣！"姑娘松了口气。此刻，她恰似生出了巨人般的力量，怀中抱着那个动弹不得的男子，重新开始往上爬。她爬了很久很久，有几次不得不把他放在青苔和岩石中间歇口气，他仍然不省人事。

终于，她带着这沉重的负担登上了崖顶，自己却立刻膝头一软，倒在地上失去知觉。半响，她苏醒转来，爬起身便朝着牧人小屋的方向走去。离得相当近了，她才打了一个响亮的吆喝，声音一直传到了峡谷对面。首先响起的是回声，接着便传来了一个男人的声音。她再吆喝了一次，不等回答就转身往回走，来到了气息奄奄的菲利普身旁。随后，她喘着粗气，抱起他来，放到自己刚才坐着等他的那面岩壁的阴影下。

仍在那里，菲利普稍稍恢复了知觉，睁开了眼睛。他看见自己身边蹲着两个牧人，一个老头儿，一个十七岁光景的小伙子。他们在他脸上洒水，擦他的太阳穴。他的脑袋枕得软绵绵的，他却不知道，他正睡在姑娘怀里。

他似乎压根儿把她给忘了。他深深吸了一口气，因此竟感觉全身筋骨都震松了似的，便重新闭上了眼睛。临了儿，他上气不接下气地恳求说："你们两位……好人，请你们去一个到山下的……皮斯托亚，快去。有人等着我。上帝……会保佑你的，如果你能对'幸福女神'酒店的掌柜……讲一讲……我眼下的情形。我叫……"说到此，菲利普又没有了声音和知觉。

"我去，"姑娘道，"你们马上抬这位先生去特雷庇，放他到尼娜指定的床上。告诉她去叫齐亚鲁加老婆子，让齐亚鲁加治治这位先生的伤，给他包扎一下。现在把他抬起来，你抬肩，托马索；你，比波，抬脚。好，起来！轻一点，轻一点！慢着——你们把这个浸到水里，搭在他额头上，每遇着一处泉水都再浸一次。懂了吗？"

她从自己的亚麻头巾上扯下一大块来，在水中浸了浸，缠到了菲利普鲜血淋漓的头上。随后两个牧人便抬着他，向特雷庇走去。姑娘目光暗淡地目送着他们，等他们走远了，才急急忙忙紧了紧裙子，沿着崎岖的小路奔下山去。

将近下午三点,费妮婕赶到了皮斯托亚。"幸福女神"酒店在城门外几百步的地方,眼下正是人们午睡的时候,店里显得冷冷清清的。店前的凉栅下边,停着几辆松了挽具的马车,车夫一个个都坐在弹簧垫子上打盹儿。对面的一家大铁匠铺里也歇了工。大路两旁的树上蒙着一层厚厚的尘土,树叶间不见有一丝儿风。费妮婕走上井台,自己动手把辘轳放下井去,汲出水来,冲了冲自己的手和脸。接着,又慢慢地喝水,喝了很久,解除了饥渴,末了才走进店去。

掌柜睡眼惺忪地从柜台里的条凳上站了起来,一看搅扰他午休的原来是个山野姑娘,又一屁股坐了下去。

"干吗?"他冲她问,"你要吃饭喝酒,自个儿下厨房去。"

"您是老板吧?"姑娘不慌不忙地问。

"不是我还是谁?我想没有人不认识我'幸福女神'的巴尔达萨勒·迪兹的。你找我干啥,小美人儿?"

"我给您捎来了菲利普·曼尼尼律师的口信。"

"噢,噢,真的吗?既这样,那又是另一回事啰。"他赶紧站起来,"这么说,他不能亲自来了,对吗,孩子?可里边有些先生正等着他哩。"

"请领我去见他们吧。"

"哎,哎,还保密呐!难道不能让我听听,他对那些先生要讲什么吗?"

"不行。"

"喽,喽,好吧,孩子,好吧。看起来,谁都有自己的秘密啊,你这个漂亮的小顽固脑瓜儿,跟我这巴尔达萨勒老倔头一样。嗯,嗯,这么说他不来啦。这会叫那几位先生很扫兴的,看样子他们有要紧事找他哩。"

掌柜的不吱声了,眼睛眨巴眨巴地从侧面打量着姑娘。她呢,却毫无准备与他深谈的样子,而是推开了门,他就只得戴上草帽,摇着头,陪她进后面去了。

院子后边是一个小小的葡萄园,他们从里面穿过,老头儿不住地问东问西,大惊小怪,姑娘却一言不发,不予理会。在园子中央的林荫道尽头，有一个不显眼的凉亭，百叶窗全关上了，里面还挂着一块厚厚的窗帘。在离亭子几步远的地方，老板叫费妮婕站住，独自走上去敲门。门一敲就开了。随后费妮婕看见窗帘被掀到一边，几对眼睛同时从里面打量着她。老头儿随即又走回来，告诉她，先生们要问她话。

在费妮婕跨进门的当儿，一个本来背向外坐着的男人便站起来，目光犀利地瞥了她一眼。另外两个仍坐着不动。费妮婕看见，桌子上摆着些酒瓶和杯子。

"这么讲，律师先生不肯来赴约了？"站在她面前的那个男人说，"你是什么人？何以见得你带的口信是可靠的呢？"

"我是特雷庇村的一个女孩子，费妮婕·卡塔涅奥，先生。要凭证吗？我没有。我说的都是实话，这就是我的凭证。"

"律师先生干吗不来了啊？我们还以为，他是位守信用的人哩。"

"他完全是的。虽说他从悬崖顶上摔了下去,头和脚都受了伤,失去了知觉。"

提问的人与另外两个汉子交换了一下眼色,然后又说:

"你终于还是露了馅,费妮婕·卡塔涅奥,你还不善于撒谎啊。他既然失去了知觉,又怎能派你到这儿来给我送信呢?"

"他恢复了一会儿说话能力嘛。他于是讲,在'幸福女神'酒店有人等他,必须去那儿告诉他们,他出了什么事。"

坐着的汉子中有一个发出了一声冷笑。"你看,"提问的人又说,"这儿的先生们才不相信你那故事哩。诚然,与其做个君子,倒不如当个诗人来得惬意啊。"

"先生,您的意思要是说,菲利普先生是由于胆怯才没有来的话,那么这就是卑鄙的污蔑,为此老天定会惩罚您的。"姑娘口气坚决地说,同时把三个人挨个儿瞅了一遍。

"你真热心啰,小姑娘,"那人讥讽道,"你没准儿是律师先生的好朋友吧,嗯?"

"不,圣母知道!"她回答,声音低得不能再低。三个男人开始交头接耳,费妮婕听见其中一个说:"那地方仍属托斯卡纳管辖。"——"您该不会当真相信这个诡计吧?"另一个插进来道,"要说他在特雷庇,倒不如——"

"走,你们自个儿看看去!"费妮婕打断他们的窃窃私语,"不过,如果你们想叫我带路的话,你们就不许带武器。"

"傻瓜!"最先发言的那个男人说,"你以为,我们舍得害你这么个美人儿的性命吗?"

"不。可你们想害他,我知道。"

"除此之外,你还有啥条件,费妮婕·卡塔涅奥?"

"有,带一个治伤的医生去。你们中有谁是大夫吗,先生们?"

她没得到回答。三个家伙又咬起耳朵来了。"我来的时候,碰巧见他在前边,但愿他还没回城里去。"一个男人说完便走出凉亭去了。不多会儿,他带来另一个人,看样子是并不认识刚才这一伙的。

"您大概肯费心跟我们去一趟特雷庇吧?"最初讲话的那人问他,"路上会告诉您去那儿干什么。"

新来者默默地鞠了一躬,大伙儿便动身了。在经过厨房时,费妮婕要了一个面包,接过手来便啃了几口。随后,她又赶到一行人前面,沿着上山的路走去。沿途,她丝毫没留心那几个热烈交谈的旅伴,而是拼命赶路,不时地被叫着停下来,人家快跟不上她了。这时候她便站住等他们,目光茫然射向远方,手紧按着心口,怅惘沉思。如此走走停停,他们到达山顶已是黄昏时分。

特雷庇村一如往常地了无生气。只有几张孩子的面孔好奇地凑在窗洞里,几个女人挤在门口,看着费妮婕一行经过。她径直朝家里走去,路上跟谁也不搭腔,邻居们招呼她,她只摇摇手表示回答。在她家门前,站着一群男人在谈话,伙计们正照料着装上了货驮子的马匹,走私客出出进进。大伙儿一发现陌生人,便顿时鸦雀无声了,都从门边退开,让来人进去。在大房间里,费妮婕和尼娜交谈几句,然后便推开了自己卧室的门。

只见室内光线暗淡,床上躺卧着那个受了伤的人,在他旁边的地上,蹲着特雷庇最老的老婆子。

"怎么样,齐亚鲁加?"费妮婕问。

"还好,赞美圣母!"老婆子回答,同时很快瞟了瞟尾随姑娘进来的先生们。

菲利普从迷迷糊糊中清醒过来,苍白的面孔突然亮了。

"是你吗!"他说。

"是的,我带来了您准备跟他决斗的那位先生,让他亲眼瞧瞧,您不能去了。除去他还来了一位大夫。"

菲利普躺着用失神的目光慢慢挨个儿端详了四个男人的脸。"他不在这些人里头,"他说,"这几位我一个也不认识。"

说毕,他又想闭上眼睛。这当儿,那三个中的发言人便走上前来,说道:"可咱们却认识您,这就够了,菲利普·曼尼尼阁下。我们奉命在皮斯托亚等候着逮捕您。我们截获了您的信,得悉您此番前来托斯卡纳,不光为了决斗,而是要与某些人恢复联系,以便为您在波洛尼亚的同党们寻求援助。现在站在您面前的是警察当局的官员,这儿是给我的命令。"

他从口袋里抽出一张纸来,递到菲利普面前。菲利普眼神痴呆地盯着纸,一副莫名其妙的模样,随即又昏睡了过去。

"检查他的伤口,大夫,"警官转过脸去对医生说,"只要伤势允许,我们得马上把这位先生弄下山去。咱刚才在外面看见了马,咱们把马没收,这样便一举办完两宗案子,因为它们都驮着私货。这下可好,咱们摸清了来特雷庇的都是些什么人,省得往后再调查啰。"

在他讲这些话和大夫去检查菲利普的当口,费妮婕已经溜出房去了。老齐亚鲁加仍静悄悄坐在房里,口中喃喃祈祷。突然,屋外传来一片嘈杂声,以及人们不安地进进出出的声音,墙洞里也探进来一张接一张的面孔,都一晃便消失了。——"没问题,"这当儿大夫说,"只要多包扎一层,就可弄下去。当然,如果让他在此地静养,由这个老巫婆服侍,他会痊愈得更快一些。老婆子有治伤的草药,连最有学问的名医也甘拜下风哩。不过,半道上伤口发起炎来会要了他的命,对此我可不负任何责任啊,警官先生。"

"没必要,没必要,"警官回答,"只要能搞掉他,方式用不着考虑。见风使舵给他包扎吧,您能扎多紧就扎多紧,别浪费任何时间,咱们马上上路。今晚有月光,再找个小伙子领路就行了。莫尔查,你这就出去把那些马给咱们看起来。"

两个密探中接到命令的一个立刻拉开门往外走,却突然给意想不到的景象吓呆了。外屋已让一群村民占领,为首者是两名走私客。门开时,费妮婕正在向他们讲话。这当儿,她来到门口,郑重宣告:

"先生们,你们马上离开这间屋子,把伤员留下,否则甭想再见皮斯托亚。自打我费妮婕·卡塔涅奥在这儿当家起,这所房子里还没有流过血。愿上帝保佑永远不出这等可怕的事。你们也别企图再上这儿来。即使人更多一些。你们或许都还记得有个地方,在两面峭壁中间的石梯窄得只能容一个人往上爬吧。如此险要的口子,连一个小孩子也守得住,他只需使遍地都是的乱石往下滚就行啦。在这位先生转移到安全的地方之前,咱们将在那儿放一个哨。得啦,你们滚回去吹嘘你们的英雄业绩吧,你们骗住了一个女孩子,还想杀死一个受了伤的人。"

三个密探的脸渐渐变了颜色,姑娘讲完,屋子里一片肃静。突然,三个家伙像听到口令似的同时唰的一下拔出一直藏在衣袋里的手枪,警官冷冷地说:"我们是以法律的名义来的。你们自己不尊重法律,难道还想妨碍别人执行法律吗?你们要是逼得我们用武力维护法律尊严,那么你们中有六个人就甭想活命。"

村民中发出了一阵低语。"静一静,朋友们!"姑娘坚毅地喝道,"他们不敢。他们明白,他们杀死我们一个人,他们就得加倍偿命。瞧您讲起话来像个傻瓜,"她又转过脸去对警官道,"你们满脸的害怕劲儿,至少表明你们还有点理智。识相点,逃命去吧。路给你们留出来了,先生们。"

她退后一步,用左手指着房门。三个家伙悄声商量了几句,便垂头丧气穿过激愤的人群,在越来越响亮的唾骂声中,溜出房去了。医生迟疑不决,想跟上去又不敢,直到姑娘威严地把手一挥,才仓皇地去赶他的同伴。

屋里发生的这整个一幕,菲利普都欠起身来张大眼睛看到了。这当儿,老婆子又走到他床前,为他理好了枕头。"躺下吧,孩子!"她说,"没有危险了。睡一会儿,可怜的孩子,睡吧!我齐亚鲁加老婆子守着您。再说,您很安全,有咱们的费妮婕保护您,她真是个好样儿的闺女啊!睡吧,快睡吧!"

她哼着简单的催眠曲,像哄婴儿似的哄他入睡。他呢,却把费妮婕的名字带进了梦乡。

菲利普在山上一住十天。在老婆子的看护下,夜里睡得香甜,白天便坐在门口,享受着山里的新鲜空气与岑寂。在他能提笔时，立刻写了一封信，派个小伙子送到波洛尼亚去。第二天，回音就来了，可消息是好是坏，从他脸上却看不出来。除了和守护他的老婆子以及村里的小孩子打打交道外，他跟谁也没讲话。说到费妮婕，也只有当她晚上在火炉旁吩咐这吩咐那时，他才得见一面。要晓得，她总是天一亮便出门，然后整天都待在山里。而从前她不是这样的，他偶然从别人的谈话里知道。就算是姑娘在家的时候吧，他也没机会与她谈谈。从她那举动来看，她似乎压根儿不再注意到菲利普其人的存在，她的生活似乎完全恢复了老样子。只不过，她的脸色现在冷漠得像石板，目光也阴沉沉的。

　　一天，菲利普受了好天气的诱惑，走得比平时离开房了远一些。在新的生命力推动下，他又第一次下了一个缓缓的斜坡。当他转进一处山谷，不期然发现费妮婕正坐在一股山泉旁边的青苔地上，便惊得呆住了。只见她手把着纺车和纺锤，似乎纺着纺着便堕入了沉思。听见菲利普的脚步声，她抬起头来，可一句话不讲，脸上也无动于衷，站起身来便提着纺车要走。菲利普叫她，她不理，一转眼就不知去向。

这次碰面后的第二天早晨，菲利普从床上起来，第一个念头就是去找她。这时房门却自行开了，姑娘平平静静地跨了进来。她站在门边，手威严地一摆，使正从窗前迎着她跑去的菲利普又站住了。

"您已经复原了，"她冷冷地说，"我跟老婆子已谈过。她讲您又有力气可以旅行啦。只是别赶得太急，要骑马。明儿一早您就离开特雷庞，从此永远别再回来。这一点，我要求您答应。"

"我答应，费妮婕，可有一个条件。"

姑娘不吱声。

"就是你跟我一道走，费妮婕！"他激动得控制不住自己，说。

一股愠怒之气冲上了她的眉梢。可她仍保持着冷静，手抓住门手，说："凭什么我该受您奚落？您应无条件地答应我，我希望您自重，先生。"

"难道你使和着爱药的酒渗进了我骨髓,使我永远为你所有以后,又想这么赶我走吗,费妮婕?"

姑娘平静地摇摇头。"往后在我们之间不存在魔法了,"她低声说,"还在爱药生效之前,您便流了血,魔力也就解除了。这倒也好,因为我做得不对呀。让咱们别再提它了吧。您只说,您答应我走就得啦。马会为您准备好,还有向导,随您去什么地方。"

"要是这种魔力不存在了的话,姑娘,那么使我离不开你的,现在就必定是另一种魔力,一种你还不知道的魔力。如同上帝真正赐福予我——"

"住嘴!"姑娘打断他,恼怒地噘起了嘴唇,"我才听不进您想说的那些话呐。要是您自以为欠了我的情,或者想可怜可怜我——那您就走吧,咱俩的账清啦。您可别以为,我这个可怜的脑袋什么也学不会呀。我如今懂了,人是买不来的,用什么代价都不行,替他出力帮忙也好——这是理所应该的——七年的等待也好——这在上帝面前算不了一回事。您可别以为,您使我不幸了。

不,您治好了我的病!去吧!记住我感谢您!"

"当着上帝回答我啊!"菲利浦狂叫着,冲到了她跟前,"我也治好了你的爱情吗?"

"没有,"她断然答道,"您问这干吗?这爱情属于我自己,您无权过问,也无力支配。去吧!"

说着,她退了一步,跨出门槛。刹那间,菲利普便扑倒在她跟前的石头地上,抱住了她的膝盖。

"你要说的是真话,"他悲痛欲绝地喊道,"那就救救我吧,那就接受我的爱情,让我和你在一起吧!不然,我这颗靠了奇迹才保持完好的头颅,便会与这颗你想摒弃的心一起,碰得粉碎了的。我的世界已是一片空虚,我的生活中唯有仇恨,我过去的故乡和现在的故乡都容不下我,要是我再不得不失去你,我还为什么活啊!"

这当儿,他抬头看她,发现从她紧闭的眼里迸出了两行晶莹的泪珠,只是脸上仍纹丝不动。又过了一会儿,她才长长地舒了一口气,眼睛睁开了,嘴唇张了两张,却没有声音——生命之花又遽然在她身体里绽放了。她弯下腰,用强健有力的胳膊搂起他来。

"你是我的!"她声音颤抖地说,"我也愿意是你的!"

第二天,太阳刚刚升起,一对情侣便上了路。菲利普打算去热那亚,以逃避敌人的暗算。高大苍白的男子高坐在马背上,缰绳由他的未婚妻牵着。秋光朗朗。在他们两旁,雄伟的亚平宁山脉峰峦起伏,蜿蜒伸展。在峡谷上空,一只只雄鹰翱翔盘旋。在远方,大海波光闪闪。而在两位旅人面前展现的未来,也如那远方的大海一般,光明、宁静。

犟妹子
L'Arrabbiata

你没感觉到这颗心,
它在我胸中激烈跳动,
就像要跳出来献给你吗?

太阳还没有升起。维苏威山[1]上弥漫着一片灰色的浓雾。雾朝着那不勒斯方向延伸，沿岸一带的城镇都被笼罩住了。海静静躺着。但在索伦多镇陡峭的岩岸下，在狭窄的海湾的沙滩上，渔夫和他们的妻子已经开始活动。他们挽着粗大的缆绳，把在海上打了一夜鱼的船和网拖回岸边来。还有一些人在收拾小船，整理风帆，或者把桨和桅杆从巨大的洞窟里搬出来。这些洞深挖在岩壁里，装着栅门，是渔民们夜间存放船具的地方。看不见一个闲人，就连那些不能再出海的老头儿，也加入了拖网的长长的行

---

[1] 意大利著名火山，在那不勒斯市附近。

列。这儿那儿的平屋顶上,站着一些个老婆婆,要么纺线,要么照看孙儿,好让女儿去帮助丈夫干活儿。

"瞧见啦,蕾切拉?咱们的神父先生在那儿。"一个老婆婆对她身边摆弄纺锤的十岁小姑娘说,"他正在上船。他让安东尼送他上卡普里去。圣母玛利亚啊,瞧他老人家简直还没睡醒哩!"她边说边举起手来,对下面船上一位矮小和气的神父打招呼。神父正撩起黑袍子来细心地铺在木凳上,然后坐定。岸边的其他人也停下工作,看这位不住向左右两边和蔼地点头的神父离去。

"他干吗一定得去卡普里呢,奶奶?"女孩问,"是那儿没有神父,要向咱们借吗?"

"别发傻,"老婆婆说,"他们那儿有的是,他们有一座顶美丽的教堂,还有一位咱们没有的隐士。只不过那里有位高贵的太太,她在索伦多住过多年,并且得了重病,家里人几次都以为她熬不过夜了,每次都请神父去为她做临终祷告。可瞧,这时童贞圣母帮助了她,她又变得结实起来,又好每天在海里洗澡啦。后来,她从这儿搬去卡普里，临走时送了一大堆钱给教堂和穷人。据人讲，她让神父答应了常去看她，听她忏悔，不然呐，她是不肯走的。真奇怪，她就这么信赖他。咱们真运气，有他这个神父。他跟个大主教似的有能耐，大人老爷们都来请教他。愿圣母与他同在！"一边说，她一边向就要离岸的小船挥手。

"咱们会碰上晴天吗，我的儿子？"矮小的神父问，同时担心地向那不勒斯方向眺望。

"太阳还没出来，"小伙子回答，"这点儿雾它是会驱散的。"

"那就开船吧，我们好在天热之前赶到。"

安东尼抓起长桨，正想把船撑开，但突然又停下来，眼睛望着从索伦多镇下港湾来的那条陡峻的小路的高处。

那儿出现了一个少女苗条的身影，正匆匆走下石阶，边走边摇动手绢。她腕子上挎个小包，衣着相当简朴。然而，她高傲地、简直可以说桀骜不驯地昂着头，黑色的辫子盘在额上，就像戴着一顶王冠。

"还等什么?"神父问。

"有人朝船走来了,大概也想上卡普里。要是您允许的话,神父——船不会慢下来的,她只是个不到十八岁的女孩子。"

说话间,姑娘已从围绕着小路的墙后转了出来。

"劳蕾拉?"神父问,"她上卡普里干什么?"

安东尼耸耸肩。——姑娘急步来到跟前,眼睛望着前方。

"你好啊,犟妹子!"年轻船夫中有几个喊道。看来他们还要说些什么,要不是神父在面前,使他们怀着敬畏的话。姑娘对待他们问候的态度,很叫他们不开心。

"你好,劳蕾拉。"这时神父也大声问,"过得怎么样?想搭船去卡普里吗?"

"要是您允许,神父!"

"问安东尼吧,他是船主。每个人都是自己财产的主人;而上帝,是我们大家的主宰。"

"给你半卡尔令[1],"劳蕾拉对青年船夫正眼不瞧地说,"要是够我做船钱。"

"你留下自己用更好。"小伙子嘟囔着,把几篓橘子推顺,腾出一个座位来。他准备把橘子运到卡普里去卖,那边岛上遍地岩石,长的橘子满足不了众多游客的需要。

"我可不白搭你的船。"姑娘黑色的眉毛一扬,回答道。

"来吧,孩子。"神父说,"他是个好青年,不想靠你这可怜的一点钱发财。喽,上来呀。"他把手伸给她,"就坐在我旁边。瞧,他把自己的衣服给你垫上啦,让你坐得软和一些。对我他可没这么好。年轻人都是这样的,他们照顾一个年轻姑娘,比照顾十个教士还周到呐。得了,得了,安东尼,别道歉啦,这是我们上帝的安排,人以群分嘛。"

这当儿,劳蕾拉已上了船,坐下来。但坐下之前,她一声不吭地把那件上衣推到了边上。安东尼也让它摆着,

---

[1] 意大利古币名。

只在牙齿缝里嘀咕了几句。随后,他猛一撑岸,小船便飞快地射向海湾。

"你那包里头装些什么?"神父问。这时候,他们行驶在刚刚被第一抹霞光照亮的海面上。

"丝,线,和一块面包,神父。丝准备卖给卡普里一位太太织带子,线卖给另一位。"

"你自己纺的吗?"

"是的,大人。"

"要是我记的不错,你也学过织带子。"

"是的,大人。只是母亲的病更重了,我离不开家,要自己买架织机又没钱。"

"更重了!唉,唉!我复活节来你家,她还坐得起来嘛。"

"春天一向是她最难熬的季节。自打那几场大风暴和地震,她就痛得起不来床啦。"

"别少祈祷和请求啊,我的孩子。求童贞圣母代你母亲说情。你要诚实而勤劳,她才会听你的祈祷。"

停了一停，他又道："当你走到海边来的时候，人家对你喊：'你好，犟妹子！'他们为什么这样叫你啊？对一个基督徒，这个名字可不好，一个基督徒应该温顺谦卑才是。"

姑娘棕色的脸庞通红，两眼闪闪发光。

"他们讽刺我，因为我不像别的女孩子一样跳舞、唱歌、喜欢讲话。他们就让人家自己走自己的路嘛，我又没有碍着谁。"

"可你也该对每个人都和和气气呀。跳舞和唱歌，尽可让生活轻松的人去唱，去跳；但说话和气，对一个苦闷的人也是应该的。"

她低下了头，双眉蹙得更紧，好似要在眉毛底下，藏起她那对黑色的眼睛。他们默默地航行了一会儿。这时，辉煌的太阳已升起在群山顶上，维苏威山的峰尖高高耸出云端，而山脚一带仍雾气环绕。索伦多平原上的房舍，在一座座绿色橘园的掩映中，闪着白光。

"那位画家，那个想娶你的那不勒斯人，他再没有消息了吗?"神父问。

姑娘摇摇头。

"他那次来画你的像,你为什么拒绝他呢?"

"他画这干吗?比我好看的女孩子有的是。而且——谁知他要拿去做什么。母亲说,他会用它对我施魔法,戕害我的灵魂,甚至弄死我的。"

"别信这些罪过。"神父严肃地道,"你不是一直在主的手掌中吗?没有主的意志,你头发也掉不了一根。难道一个人手头拿着张画像,就比主还强?——再说,你也看得出来,他是对你好的。要不,他肯娶你吗?"

姑娘不作声。

"可你为什么回绝他?据说,他是个正派人,又挺阔气的。他一定会养活你和你母亲,比你靠缫丝挣点钱好得多。"

"咱们是穷人,"姑娘激动地说,"母亲又病了这么久。咱们只会成为人家的累赘。再说,咱也配不上一位上等人。要是他的朋友来看他,他会为了我害羞的。"

"瞧你说些什么话！我不是告诉过你，人家是正派人。他还打算搬到索伦多来住。这样一个好人，不会很快再有啦，他像是上天专门派来扶助你们的。"

"我根本不要嫁人，永远不嫁！"她十分执拗地说，像在自言自语。

"你许了愿吗，还是想去做修女？"

她摇摇头。

"人家说你性子犟，说得对，虽然那个名字不好听。你没想过吗，你并不是独自生活在世界上，你这个倔脾气，只会使你生病的母亲生活更苦，病更重的！你有什么重要理由，竟拒绝任何诚恳地伸过来扶助你和你母亲的手？回答我呀，劳蕾拉！"

"我有个理由，"她迟疑地低声说，"可我不能讲。"

"不能讲？对我也不能讲？对你平时那么信赖他，相信他对你是一片好意的忏悔神父也不能讲？或者并非这样？"

她点点头。

"那就让你的心轻松轻松吧，孩子。要是你说的对，我第一个表示赞成。不过，你还年轻，对世界了解太少，也许将来有一天，你会后悔，后悔不该为着一些孩子气的想法，断送了自己的幸福。"

她羞怯地瞥了小伙子一眼。他坐在船尾，用力划着桨，羊毛帽子低低地拉到了额头上。他盯住船旁的海水，像是独自堕入了沉思。神父发现姑娘看了他，便把耳朵凑近姑娘。

"您不认识我父亲。"她悄声说，目光变得阴沉起来。

"你父亲？我记得他过世那会儿，你还不满十岁。可是你父亲，愿他的灵魂早升天堂，他与你这倔脾气又有什么关系？"

"您不了解他，神父。您不知道，我母亲的病，就完全是他弄出来的。"

"怎么会呢？"

"因为他虐待她，打她，用脚踢她。我还记得那些个他怒气冲冲回家的晚上，母亲从不说他一句话，对他真是百依百顺。可他呢，却揍她，揍得我心都快碎了。我只好用被子蒙着头装睡,实际上整夜在哭。后来,他见她躺在地上起不来了,又突然变了态度,抱起她来拼命地吻,使得她大叫要憋死啦。母亲不准我提一个字,但她被折磨得很惨,所以父亲死了很多年,她身体还没复原。要是她早早地去世——求主保佑不会这样——我就知道是谁害死了她。"

矮小的神父摇晃着脑袋,像是拿不定主意,该在多大程度上赞成他的忏悔女。临了,他说:"宽恕他吧,就像你母亲宽恕他那样。别再老是想着那些悲惨的事情,劳蕾拉。将来你会过上好日子,并且忘记这一切的。"

"我永远也忘不了。"她回答,身上不禁战栗起来,"现在您明白了,神父,因此我要永远做闺女,不去给任何一个先虐待我,过后又来亲我的人当奴隶。要是现在有谁来打我,或者吻我,我就知道反抗。母亲却无法反抗,既不能反抗别人打,也不能反抗别人吻,就因为她爱他。我才不愿这样爱任何人,爱得自己生病,爱得自己受苦。"

"瞧你还不是个孩子,说起话来完全和个不知世事的人一样吗?难道所有男人,都像你那可怜的父亲,纵情任性,虐待自己的妻子吗?难道你在左邻右舍中,没有见到很多好人?难道没见到很多妻子,与自己丈夫过着宁静和睦的生活吗?"

"但我父亲待我母亲的情况,也没谁知道呀。她宁肯死一千次,也不愿告诉人,向人诉苦。而所有这一切,都是因为她爱他。要是爱情就是这样,在该呼救时堵住你的嘴,在受恶人侵害时使你无力反抗,那我就永远不会倾心于任何男人。"

"我告诉你,你是个孩子,不知道自己在讲些什么。等到了时候,你的心就会不断问自己,到底爱还是不爱。到那会儿,不管你往自己脑袋里塞些什么想法,都不顶事啦。"又停了一停,"再说那位画家吧,你相信,他也会虐待你吗?"

"他瞅人家那眼神,就跟我看见我父亲求母亲原谅,抱起她来用好话诓她时的眼神一样。我熟悉这眼神。一个忍心殴打从未损害过自己的老婆的人,也有这样的眼神。我害怕再见到这样的眼神啊。"说完,她便固执地一声不响了。神父也沉默下来。看样子,他在想着种种可以用来开导姑娘的箴言隽语。只是当着年轻的船夫,他不便开口。在姑娘忏悔快结束时,小伙子变得烦躁不安了。

航行两小时后,他们在卡普里小小的码头靠了岸。安东尼把神父从船里抱起来,涉过最后几道平缓的海浪,恭恭敬敬地放在左岸上。劳蕾拉却不等他回来接她,扎起裙子,右手提木屐,左手挎小包,扑刺扑刺就踩着水跑上了岸。

"我今天在卡普里可能待很久,"神父说,"你不用等我。也许我要明天才回去。你,劳蕾拉,回去后代我问候你母亲。我这个礼拜就来看你们。天黑前你还回去吧?"

"要是有机会就回去。"姑娘一边回答,一边整理自己的裙子。

"你知道我是得回去的。"安东尼用自以为满不在乎的口气说,"我等你到响晚祷的钟声。要是你那会儿不来,我也无所谓。"

"你一定得来,劳蕾拉。"矮小的神父插进来道,"你不能让你母亲单独过夜。——你要去的地方远吗？"

"我到安那卡普里的一个葡萄园去。"

"可我得去卡普里。上帝保佑你，孩子，还有你，我的儿子！"

劳蕾拉吻他的手，随后说了声"再见"，既像对神父说，又像对安东尼说的。但安东尼装作没听见。他朝神父摘下帽子，看都不看劳蕾拉一眼。

可是，在他们俩转过身去以后，小伙子的目光只跟着困难地走在卵石滩上的神父移动了短短一会儿，就追着向右边高坡走去的姑娘看起来，同时还把手举到额前遮住刺目的阳光。上坡以后，道路眼看要转进两堵围墙之间，这时她停下来，像是想喘口气，同时回头望了望。她脚下就是码头，四周怪石嶙峋，海水湛蓝湛蓝的，异常美丽——这景致的确是值得停下来欣赏一番的。然而，事有凑巧，她的目光在掠过安东尼的船旁时，与安东尼追赶她的目光碰在了一起。于是，双方就像无意间干错事的人那样，做了个表示歉意的动作，然后，姑娘一噘嘴便向前走去。

午后才一点钟，安东尼已经在渔民酒馆前的长凳上坐了两小时了。他心头必定有什么事，每过五分钟就跳起来，跑到太阳地里去，仔仔细细朝着通向岛上两个小镇的道路张望。他对酒馆的老板娘解释：他是怕要变天了。天色虽还明亮，但天空和海水的这种颜色他是认识的。去年起风暴之前，天空和海水正是这样。那一次，他险些把一家英国人划不到岸边来。这她还记得吧。

"记不得。"女人说。

那好，要是傍晚时变了天，她就该想起他的话来了。

"老爷太太去你们那边的多吗？"老板娘过了一会儿问。

"刚开始来。在这以前我们的日子可苦啦。洗海水浴的游客迟迟未到。"

"春天来得迟。比起我们卡普里这儿，你们挣的钱多吗？"

"还不够一礼拜吃两顿空心粉啰，要是我光靠划船过日子的话。时不时地送封信去那不勒斯，或者把一位想钓鱼的老爷划到海上去——这就是全部营生。不过,您知道,我舅舅有几个大橘园,是一位有钱的人。'托尼诺,'他说,'只要我还在,就不让你吃苦,就算以后吧,也会考虑到你的。'这样,上帝保佑我才熬过了冬天。"

"他有儿女吗,你舅舅?"

"没。他没结过婚,在国外住了很久,很攒了两个钱。眼下,他有心开个大渔行,要我去总管一切,帮他把事情料理料理。"

"那,您就成了位有靠头的人了哟,安东尼。"

年轻的船夫耸耸肩。"谁都有自己的难处哩。"他道。说着又跳起来左瞧右瞧,尽管他完全清楚,只有一方才可能变天。

"我给您来瓶酒吧。您舅舅反正付得起账。"老板娘说。

"只来一杯得啦,你们这酒烈着哩。我脑袋已经发热了。"

"这酒不醉人。您想喝多少,尽管喝多少,正好我男人来了,您得和他再坐一会儿,聊一聊。"

果然,身材魁梧的酒馆老板从高坡上下来,肩搭渔网,鬈发上盖着顶红色便帽。他刚进城给那位贵夫人送鱼去,为了招待索伦多来的小个子神父,夫人专门订了鱼。一瞧见年轻船夫,他便挥手热情欢迎,然后坐到他身边,开始问长问短,讲这讲那。正当老板娘又提来一瓶没掺水的卡普里酒时,左边的沙地响起咔嚓咔嚓的声音,劳蕾拉从通往卡普里的路上走来了。她向众人点了点头,沉默地站在那儿,不知如何是好。

安东尼一跃而起。"我该走了,"他说,"这姑娘是索伦多镇的,今儿一早随神父先生一块儿过来,天黑前得回家去照料自己的母亲。"

"得,得,离天黑还早着呐,"老板说,"她有的是时间来喝一杯。喂,老婆,再拿个酒杯来。"

"谢谢,我不会喝。"劳蕾拉回答,仍站得远远的。

"只管斟吧,老婆,斟啊!她要人劝哩。"

"随她去吧,"小伙子道,"她是个顽固脑瓜,什么事她要不愿意,就连圣者也说不动她。"说完,他便急匆匆地告了辞,跑到底下船边去,解开缆,站在那里等着姑娘。她又向酒馆老板夫妇点点头,然后才步履踟蹰地向小船走去。上船前,她环顾四周,好像盼着谁来和她搭伴。然而,码头上空无一人:渔民们要么在午睡,要么在海上垂钓撒网;少数几个妇女小孩在自家门口,打盹儿的打盹儿,纺线的纺线;再就是那些外来的游客,也一早就过去了,要等天凉了才乘船回来。但她也没能望多久。她还未来得及反抗,安东尼已一把抱起她,把她像个小孩似的抱到船上去了。他自己跟着也跳上去,抓起桨来,三划两划便到了海上。

　　姑娘坐到船头,半背向着他,使他只能看见她的侧面。眼下,她的表情比平时更严肃。鬈发低覆在额头上,纤细的鼻翼执拗地颤动着,丰满的嘴唇紧闭。他们这样默默地在海上航行了一些时候,她给太阳晒热了,便从手帕中取出东西,把帕子包在头上。接着,她吃起面包来,当她的午餐。她在卡普里什么也没吃啊,安东尼看不下去。

他从早上装满橘子的筐中,取出两个橘子来,说:"喏,拿去和你的面包一块吃吧,劳蕾拉。别以为是我特意为你留的。它们从筐子中滚了出来,我搬空筐子回船时在舱板上发现了。"

"你自己吃吧。我吃面包就够了。"

"大热天橘子可以解渴,瞧你跑了这么老远。"

"人家给了我一杯水喝,我已经不渴了。"

"随你便吧。"他说着,便把橘子扔回筐里。

又一阵沉默。海面平明如镜,船头的水声很轻很轻。就连那些栖息在岩岸洞穴中的白色水鸟,在飞来飞去地觅食时也悄然无声。

"你可以把这两只橘子捎给你母亲。"安东尼又提起话头。

"咱们家里还有橘子。就算吃完了,我再去买就是。"

"你就捎去吧,算我的一点儿心意。"

"可她不认识你呀。"

"那你可以告诉她我是谁嘛。"

"我也不认识你。"

她说不认识他,这已经不是第一次了。一年前的一个礼拜天,就在那位画家来索伦多的时候,安东尼和当地的几个小伙子正好在大街旁的广场上玩地滚球。就在那儿,画家初次见到了劳蕾拉,她头上顶着水罐,打他身边走过,压根儿没有注意到他。那不勒斯人一见她便着了迷,呆呆立在那儿盯着她瞧,不顾自己正好站在滚球道上,只要再跨两步就可以让出来。这当儿,重重的一球滚到了他的脚踝上,提醒他,此处不是发呆的地方。他回头瞅了瞅,像是等着谁去向他道歉。掷这一球的年轻船夫却傲慢地站在伙伴中间,一声不吭,陌生人觉得还是避免口角,走开为妙。可是,这件事后来传开了,画家来正式向劳蕾拉求婚时,又被人们提了起来。画家曾经问劳蕾拉,她是不是为了那个不懂礼貌的愣小子才拒绝他的。劳蕾拉不耐烦地回答:"咱不认识他。"上次那件事,也传到了她耳朵里。这以后,她碰见安东尼就该认得了吧。

眼下,他俩坐在船上,就像一对仇敌,各人的心都跳得要命。安东尼平时那和善的面孔涨得通红。他击打着海水,让水花溅到自己身上。他的嘴唇时而哆嗦,像是在骂人似的。姑娘装作没有看见,完全漫不经心的样子。她把身子倾出船外,让水流从手指间滑过。随后,她解下手帕,整理头发,就像船上只有她一个人似的。不过,她的眉毛微微抽动,两颊发烧,她用湿淋淋的手去冰也没有用。这时,他们已在大海中间,远远都见不到半点帆影。卡普里岛被抛在了身后,前面的海岸躺在迷眼的阳光中,还离得很远很远。甚至没有一只海鸥,来冲破这深沉的岑寂。安东尼环顾四周。突然,他像是拿定了主意,脸上的红色褪了,放下了桨。劳蕾拉情不自禁地回过头来看他,心情十分紧张,但一点也不害怕。

"我必须了结这事。"小伙子冲口说道,"拖了这么久啦,我差不多奇怪自己竟没有因此死掉。你说,你不认识我?难道你没有一次次地瞧见,我怎么疯子似的打你面前跑过,有满肚子话要对你说?可你总是把嘴一嘬,转过身去不理我。"

"我有什么好和你谈呢?"她干巴巴地说,"我看得出,你想和我搭讪。可我不愿让别人嚼舌头,无缘无故地嚼舌头。我不愿意嫁给你,我不愿意嫁给你和任何人。"

"不嫁给任何人?你以为打发走了那个画家,就好总这么讲吗?呸!你那会儿还是个孩子。你将来会感到寂寞,到那时,像你这么个怪脾气,就会随随便便嫁个人了事的。"

"谁知道自己将来怎样呢?就算我会改变主意,可这跟你什么相干?"

"跟我什么相干?"他大叫一声,从桨手凳上跳起老高,弄得小船也颠来簸去,"跟我什么相干?在知道了我的境况以后,你还能这样问?你将来对谁比对我好,谁就不得好死!"

"难道我答应过你吗?你自己头脑发昏,又关我什么事?你有什么权力,要我跟你好?"

"哦,"他吼道,"这在书上自然没有写,任何法律家也不会用拉丁文把它写下来,盖上封印。不过,我知道,我有权讨你做老婆,就跟我有权升天堂一样,因为我是个好小伙子。你以为,我肯眼睁睁瞧着你被另外的男人带着上教堂吗?姑娘们打我面前经过,都会耸肩膀,这我受得了吗?"

"你想咋办就咋办吧。你再怎么吓唬,我都不害怕。我将仍旧照自己的想法去做。"

"你才不会老是这么讲哩,"他浑身颤抖着说,"我是一个男子汉,不会长此下去,让自己的生活给一个犟妮子糟蹋了。你明白吗,你现在在我的手心里,我要你怎的,你就得怎的。"

"弄死我吧,要是你敢。"她慢吞吞地说。

"那就来个干脆,"他嚷道,声音变得嘶哑起来,"海里有的是咱俩的地方。我帮不了你啦,妹子。"他几乎是满怀同情地说,犹如在梦呓,"不过,我们必须同时一起去,两人一块儿,马上!"他大声吼叫,突然用双手抓住了她。但转瞬间,他缩回右手,鲜血涌了出来:她狠狠地咬了他一口。

"你要我怎的，我就得怎的吗？"她叫道，身子猛地一扭，撞开了他，"咱们等着瞧吧，看我是不是在你手心里！"说完，便跳下船去，一眨眼便消失在大海深处。

一会儿，她浮出水面，裙子紧紧裹住身子，辫子叫海浪冲散了，沉甸甸地拖在脖子上。她双臂不停地划水，一声不响地奋力游着，从小船旁向岸边游去。

突然的震惊，使小伙子几乎失去了知觉。他站在船上，弓着腰，目不转睛地盯在她身上，好似眼前出现了奇迹。随后，他晃了晃脑袋，便扑到桨前，使出全部力气追着她划去。这当儿，他手上喷涌出来的鲜血，已把舱底给染红了。

转眼间，他就到了她身边，尽管她游得很快。

"看在圣母玛利亚分上！"他喊道，"上船来吧！我是个疯子，天晓得我怎么失去了理性。就像给闪电打着了一样，我脑子里突然一热，就发起狂来，连自己干些啥，说些啥，也全不晓得啦。我不求你原谅我，劳蕾拉，我只希望你救自己的命，上船来啊！"

她只顾游着,仿佛什么也没听见。

"你到不了岸边,还有两海里呐。想想你母亲吧。要是你遭不幸,我会吓死了的。"

她用眼睛估量了一下到岸边的距离,然后也不答话,就游到船边,攀住了船舷。他赶去拉她,姑娘的体重使小船倾到了一边,他放在凳子上的衣服便掉进了海里。她敏捷地翻进船来,回到老位子上。他看见她平安无事了,又划起桨来。她拧着湿淋淋的裙子,挤掉辫子里的水。这时,她望着舱底,才发现了血。她迅速地瞅了瞅那只手,他仍在划着桨,就像压根儿没有受伤似的。

"拿去!"她递过手帕去说。

他摇摇头,继续朝前划。临了,她站起来,走到他身边,用手帕把他那很深的伤口紧紧包扎起来。然后,她不顾他的反抗,从他手中夺过桨,坐到他对面,正眼也不瞧他,只是盯住被血染红的桨,一下一下地猛力划起来。两人都默默无语。快到岸边时,正碰上出海进行夜间捕捞的渔民们。他们招呼安东尼,并拿劳蕾拉打趣。可两人都没抬头,也不回答一句。

进港的时候,太阳还高高挂在波希达岛上空。劳蕾拉抖了抖在海上差不多已经干了的裙子,跳上岸去。早上看见他们离开的那个老婆婆,这会儿又站在屋顶上。"你那手怎么啦,托尼诺?耶稣基督啊,整个船都给血泡起来了。"

"没事儿,教母,"小伙子回答,"我让一颗突出的钉子剌伤了。明儿个就好了的。该死的血一碰着便出来,其实并没有多少危险。"

"我来给你敷点草药吧,小伙子。"

"没事儿,教母。已经包扎好,明儿个就没事儿了。我的皮肤健康着哩,任何伤口都会一下子长好。"

"再见!"劳蕾拉道,转身朝上山的路走去。

"晚安!"小伙子在后面大声说,但眼睛并未看她。随后,他把船具和筐子从船上搬下来,爬上狭窄的石级,走回自己的小屋去了。

在那两间他眼下走进走出的小屋里,除去他没有任何人。透过几孔只装着木条子的小敞窗,风吹进来,带着比在平静的海面上更多的凉意。寂静使他感到舒服。刚才,他在圣母的小像前站了很久,虔诚地望着贴在像上的、银纸剪成的星辉状灵光。但他并未想到祈祷。他不再有任何希望,还祈祷什么呢?

白天似乎停住了脚步。他渴望黑夜快快到来,因为,他疲倦了,失血过多也使他虚弱,尽管他不承认。他感觉手上阵阵剧痛,便坐到一张小凳上,解开手帕。被堵住的血又渗了出来,伤口周围肿得老高。他仔细地洗净伤口,把它久久地浸在水里冰着。当他再取出手来时,便清楚地辨出了劳蕾拉的齿痕。"她说得对,"他自言自语着,"我是个野兽,活该如此。明天我让乔西普把手帕交给她。我不想让她再见我的面。"他在用左手和牙齿重新扎好右手以后,便仔仔细细洗起手帕来,洗好又摊开,在太阳底下晒。他自己则倒在床上,闭上了眼睛。

皎洁的月光,使他从似睡非睡中醒来,再说手上的疼痛,也不让他安睡。他跳起来,想再把手浸到水里止止痛。这当儿,他听见门上发出了响声。"谁呀?"他大声问,同时拉开门。劳蕾拉站在他面前。

也没问是否允许,她就走进屋去。她解下裹在头上的帕子,把一只小提篮搁在桌上,便喘起长气来。

"你来取手帕吧,"他说,"其实你不必劳这个神,明天一早我就要请乔西普送给你。"

"不关手帕什么事。"她立即回答,"我上山去给你采了些止血药。这儿!"她边说边揭提篮盖。

"太麻烦你,"他说,口气中全无讽刺意味,"太麻烦你。已经好些了,已经好多了。就算更坏了吧,那也是自讨的。你这时来干吗呢?要是给人碰见怎么办!你知道,他们会怎么胡扯,虽然他们不知道自己在说些啥。"

"我才不管咧,"她急躁地说,"我只想看看你的手,给它敷上草药,要知道你用左手可弄不好啊。"

"我告诉你,这不必要。"

"那让我瞧瞧,好让我相信。"她二话不说,就抓起那只无力反抗的手,解开布条。一见那巨大的肿块,她就怔住了,叫道:"圣母玛利亚!"

"有一点儿肿,"他说,"过一天一宿就没事儿了。"

她摇摇头说:"像这样,你一礼拜也出不了海啦。"

"我想我后天就可以。又有什么关系呢?"

说话间,她端来面盆,重新洗那伤口。他也像个孩子似的,听凭她摆布。然后,她把草药叶子敷在伤口上,用自己带来的夏布条包扎好。立刻,他就觉得疼痛减轻了。

包扎完毕,他说:"谢谢你。听我说,你要是肯对我再行个好,就请原谅我今天发了狂,并把我说的和我做的一切,统统忘了吧。我自己也不知是怎么搞的。你从来不曾逗引过我,真的没有。往后,你再也听不见我说任何使你生气的话了。"

"该我求你原谅,"她抢过话头,"我本可以更好地向你说清楚一切,不该不理不睬地气你。再说,还有这手上的伤口……"

"你那是自卫,而且在该让我恢复理智的万不得已的时候。我说过了,这不要紧的。甭提什么让我原谅你了。

你这样做对我有好处,我感谢你。好了,回家睡觉吧。这儿——这儿是你的手帕,你可以马上带回去。"

他递给她,她站着一动不动,像是思想里在进行斗争。终于,她说:"你为了我的缘故,把上衣也丢了,而且我知道,卖橘子的钱也在里边。这是我在回家的路上才想起的。我无法赔偿你,因为我没有钱。就算我有点,那也是母亲的。不过,我有个银十字架,那个画家最后一次上我家,给我留在桌上的。可我瞧都不愿瞧一眼,恨不得从箱子里把它甩出去。要是你拿去卖掉——母亲说,可以值几个钱——就可补偿你的损失。要是还不够,我就设法在夜里母亲睡觉时,再纺线挣点钱给你。"

"我什么也不收。"他坚决地说,并且把她从衣袋里掏出来的那个亮晶晶的十字架推开。

"你一定得收下。"她说,"谁知你这于多久才能干活呢。我放它在这儿了,我再不想让自己的眼睛看见它。"

"那就扔它到海里去吧!"

"这可不是我送给你的礼物呀。这纯粹是你的权利,是你理所应得的。"

"权利？我没有权利要你的任何东西。要是你往后再碰见我，就对我行行好，别再瞧我，不然，我就会想，你是在提醒我曾经对不起你。好啦，晚安，就让这是最后一次吧。"

他给她把手帕放进提篮，再将十字架搁在上边，然后盖上篮盖。可当他抬起头来看见她的脸时，他吓了一跳。大颗大颗的眼泪滚过她的面颊。她任其自由地流淌。

"圣母玛利亚啊！"他喊出来，"你病了吗？瞧你浑身都在哆嗦！"

"没什么，"她说，"我要回家！"边说边朝门口歪歪倒倒地走去。终于，她忍不住哭出声来，额头抵在门柱上，发出大声而急促的抽泣。但在他追上去劝阻她之前，她突然转过身来，扑到了他的脖子上。

"我受不了啦。"她喊道，紧紧地抱住他不放，就如垂死的人抱住生命一样，"我不能听你对我这么好言好语，然后叫我走，使我良心上过意不去。你打我吧，踢我吧，咒骂我吧!——或者,要是真的,你真爱我,在我对你这么狠以后还爱我,那么,就收留我吧,想把我怎样,就怎样吧。只是别打发我离开你!"又一阵急促的抽泣,使她讲不下去了。

他默默地搂住她有好一会儿。

"你问我还爱你吗?"他终于大声说,"圣母玛利亚啊!你难道以为,这小小的伤口,就把我心里的血全部流光了吗?你没感觉到这颗心,它在我胸中激烈跳动,就像要跳出来献给你吗?要是你讲的这些话只是想试试我,或者因为你同情我,那你就去吧,就连这些我也会忘记的。你不必因为知道我为你吃了许多苦,就觉得对不起我。"

"不,"她从他肩上抬起头来,眼泪汪汪地盯着他的脸,坚决地说,"我爱你。让我说了吧,我只是一直害怕会爱上你,一直想反抗。现在我可要变个样子了,因为当你在巷子里打我身边走过,要叫我不看你我就再也受不了啦。这会儿,我还要吻你哩,"她说,"这样,要是你又发生怀疑,你就可以对自己讲:她吻过我了。而劳蕾拉是不吻任何人的,除非她让这人做她的丈夫。"

她吻了他,然后挣脱开,说:"晚安,我亲爱的!睡觉去吧,把你的手养好。不用跟着我,要知道我不害怕任何人,只害怕你。"

说罢,她便一溜烟地跑出门去,消失在围墙的暗影里。小伙子却还久久地凝视着窗外的大海。海上,星星们好像全在轻轻地摇曳。

下一次矮小的神父听完劳蕾拉长时间的忏悔,从忏悔室中走出来时不禁暗自发笑。

"谁想得到呢,"他自言自语说,"天主这么快就垂怜这颗奇异的心。我还在责备自己,没有更严厉地警告她身上那个犟性子魔鬼哩。然而,我们的眼光都太短浅,看不见通往天国的条条道路。喏,愿上帝赐福给她,并让我活到劳蕾拉的大小子能代替他爸爸送我过海去的那一天吧!哎呀呀,这个犟妹子!"

爱情短经典：特雷庇姑娘

唯有深情不惧时光，让爱情经典随手可读

图书在版编目（CIP）数据

特雷庇姑娘 /（德）保尔·海泽著；杨武能译. --昆明：云南美术出版社，2020.9
（爱情短经典；6）
ISBN 978-7-5489-3747-0

Ⅰ.①特… Ⅱ.①保… ②杨… Ⅲ.①中篇小说－小说集－德国－近代②短篇小说－小说集－德国－近代 Ⅳ.①I516.44

中国版本图书馆CIP数据核字(2020)第143116号

责任编辑：梁 媛　刘铁波
责任校对：赵 婧　温德辉　邓 超
产品经理：曹俊然　冯 晨

爱情短经典

特雷庇姑娘

（德）保尔·海泽 著　杨武能 译

出版发行：云南出版集团
　　　　　云南美术出版社（昆明市环城西路609号）
制版印刷：北京盛通印刷股份有限公司
开　　本：787mm×1092mm　1/32
字　　数：110千字
印　　张：3.5
印　　数：1-6,000
版　　次：2020年9月第1版
印　　次：2020年9月第1次印刷
书　　号：ISBN 978-7-5489-3747-0
定　　价：138.00元（全7册）

如发现印装质量问题，影响阅读，请联系 021-64386496 调换